KB153454

잘나가는 꼬까언니

잘나가는 꼬까언니

초판인쇄 2021. 9. 15.
초판발행 2021. 9. 25.

지은이 | 김정아
그린이 | 김정아

발행인 | 오무경
디자인 | 이호정
펴낸곳 | 풍백미디어
출판등록 | 2020년 9월 2일 제2020-000108호
주소 | 서울시 강서구 강서로7길 28, 101호(화곡동, 해태드림타운)
팩스 | 0504-250-3389
이메일 | firstwindmedia@naver.com
블로그 | https://blog.naver.com/firstwindmedia

ISBN 979-11-971708-3-6 (03810)

잘 나가는 꼬까언니

자존감이 돌아왔다!

프롤로그 에필로그를 번역한 한국말로 쓰고 싶어서 미친 일인.

그런데 유식해 보이려고 그냥 영어로 함.

그러니까 이제부터 프롤로그.

이 프롤로그의 시작은 약, 16년 전에 쓰여졌습니다.

제 인생의 망나니 최절정인 시절….

그때 '만약 내가 책을 낸다면 이런 프롤로그를 써야지' 하며 글을 썼었는데 참으로 얼토당토않고 황당하기까지 한 그 프롤로그를 지금 공개하겠습니다.

이 글을 읽으려는 당신들에게….

아마 이 책을 읽으면 좀 짜증이 날 수도 있고, 이해가 안 되며
신경질이 날 수도 있다는 것을 예상함. 나의 예상은 빗나간 적
이 없으며 빛난 적도 없음.
사람이 이렇게도 최악일 수 있구나 싶을 거임.
그런데 왜 썼냐고?
난 원래 내 맘대로라 그냥 썼는데 안 볼 거면 덮으시오.
왜 반말? 이것은 삶에 대한 나의 반발?
나는 아주 소싯적에, 친부모랑은 안 살았고 남의 손에 키워졌
어. 그런데 그게 더 행복했지. 왜냐면 너무 멋졌거든. 따뜻했어.
환경도 그랬고 이웃들도 그랬고. 난 더없이 귀했어 그땐.
내 삶은 그렇게 평탄하고 행복할 줄로만 알았는데 11살 되던
해에 나는 친부모님과 이사를 가게 됐지.
와~ 인생이 이렇게도 X될(이건 차마 쓰지 못함.) 수가 있구나.
아빠가 다른 4형제와 터무니 없이 나이 차이가 나는 조카들.
엄마가 다른 3개월 차이밖에 안 나는 언니랑 미치도록 싸우고
맞고 터지고 개차반 일가족이 아닌 다 가족.
가족이란 것에 바닥을 본 나는 이렇게 살다 죽을 줄 알았지 뭐
야. 아빠 엄마한테 맞고 학교서 맞고 피 터지게 싸우고.
그러다 지하실 방에 버려져 혼자가 됐는데 그때가 아마 고1이

005

프롤로그

었지. 뇌가 마비될 정도로 매일 술 먹고 이단XX에서 처맞고 거짓말로 괴롭힘당하고.(아무리 봐도 그 건물 남자와 와이프는 미쳤고 욕하는 내가 귀찮음.)

아~ 됐고.

뭐 책을 읽으면 알겠지.

뭐 상황을 보긴 왜 봐?

그냥 읽어. 싫으면 덮고.

그럼, 들어가는 글이 되게 재수가 없지만 원래 재수가 없는 인간이라 유감이우.

그럼 이만 총총~ (나갈 때는 그래도 최대한 귀염.)

이 글을 썼을 당시 저는 아마도 매우 짜증이 났었나 봅니다. (심한 욕설과 글들은 기재하지 않았음. 충격을 예상하기 때문.) 또 똑같이 짜증 나는 하루구나 싶었을테지요. 그랬을 겁니다. 그때는요. 지금 생각하면 한번 웃고 지나가는 황당함이지만 당시 저는 매일 죽음을 꿈꾸던 사람이었습니다.

과거의 상처를 그렇게도 곱씹을 수가 없었습니다. 과거에 집착한 건 연민에서 비롯되었지요. 그래요, 나는 자기 연민에 빠져 죽을 사람이었습니다.

늘 화가 나 있었고 늘 소리를 질렀습니다. 기분이 좋거나 나쁘거나 화가 났었거든요.

저의 인생에 있어 최악은 제가 중학교 3학년 말에 그 이단 건물(그들의 모임을 '건물'이라 칭하겠음.)에 들어가며 더욱 최악으로 치달았습니다.

왜 제게 귀신에 들렸다는 건지, 그 건물에 있는 사람들은 왜 맨날 귀신 들렸다고 맞고 울고불고 하면서 그 건물 주인들을 신처럼 섬겼는지…. 이 글을 읽는 여러분들이 TV에서 보신 전형적인 이단 모습의 형태인 건물 맞습니다. 저는 그곳에서 5년을 굴러먹다가(말 그대로 굴러먹었다.) 쫓겨났지요. 지금 와서는 그것이 얼마나 다행인지….

돈 한 푼까지 탈탈 털린 저는 지금에 와서야 조금의 감사함은 있습니다. 그나마 그곳이 있었기에 음악도 할 수 있었고 제가 하고 싶은 것들을 억지로나마 했던 덕에 꾸준함과 참을성을 배울 수 있었기 때문입니다. (이 긍정의 힘은 어쩔 수 없네요.^^) 이것뿐. 지금 그곳을 나온 저의 '적'이었던 이들과는 지금 새로운 '정'이 되어 연락하며 과거를 회상합니다. 욕을, 욕을 하지만 그래도 감사하지요.^^

사람들을 믿을 수 없었으나 이렇게 최악인 저에게도 늘 돌봐주는 사람들이 있었던 것이 신기할 뿐입니다. 제대로 된 하나님을 만날 수 있게 도와준 많은 사람에게 먼저 지목 받고 사랑을 받아왔습니다. 저는 여전히 그들에게 사랑이며, 그것에 감사합니다.

아픔으로 터 잡았던 저의 과거들은 또 다른 아픈 과거들을 낳아 깊은 우울증과 공황장애를 오랜 세월 겪게하였으나 저는 더 이상 아픈 과거에 연연하지도, 깊은 우울증과 공황장애로 힘들게 싸우지도 않습니다. 왜냐하면 저는 사랑의 힘이 얼마나 큰지를 그리고 그 사랑 때문에 제가 어떻게 변했는지를 알기 때문입니다.

다시 찾은 사랑, 원래 있었던 사랑, 발견하지 못했던 또 다른 사랑. 저의 책에서는 끊임없이 '사랑'을 말하고 있습니다.

도대체 이 책의 내용이 뭐냐 간단히 설명해 달라는 사람이 많이 있었습니다. 솔직히 어떻게 간추려 말하기 어려웠습니다.

'나는 망나니였는데 정말 잘나가는 사람이 되었어요!

자존감도 높아지고 어쩌고저쩌고….'

그냥 읽어 보라고 말해 주고 싶었습니다. 왜냐하면 저의 모습이 보기 좋아지면서 차차 쓴 글이고, 결과는 없기 때문입니다. 앞으로 쭉 컨티뉴이기 때문이지요. 함께해 주는 사람들이 있어 저의 삶은 계속 풍성해질 것이기 때문에 단정 지어 이 책을 설명할 수 없습니다.

누군가가 저에게 이렇게 말해 준 기억이 납니다.

"너는 소망의 증거야"라고.

저는 그 말을 듣고부터 저를 소망의 증거라고 표현하며 살았습니다. 사람들도 저를 소망이라 여겼고 저도 그 증거, 증인이 될 거라고 작지만 크게 외치며 살았지요. 사람은 말한 대로 된다는 것을 믿습니다.

이 글을 읽는 여러분들께 드리고 싶은 말은,

당신도 역시 소망의 증거이며 증인이라는 말입니다.

이 책이 끝나갈 때쯤, 주어진 삶을 묵묵히 살아온 여러분 스스로에게 그렇게 말해주는 사람이 되기를 바랍니다.

참…. 제가 어떻게 잘나가냐고 물어보실 거면 2권에서 만나보면 알 거라고 당당히 말하는 뻔뻔함.^^ 이런 뻔뻔함이 너무 뻔한 김정아. 저는 이 삶이 너무 아름답고 귀합니다!

미안한 글.

나로 인해 상처받고 아팠을 과거 인연들에게 고개 숙여 미안함을 전합니다.

2021년 9월

잘나가는 꼬까언니, 김정아

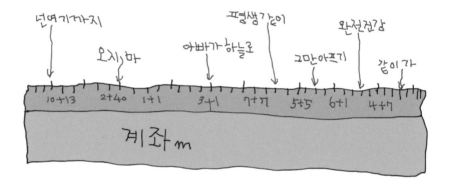

넌여기까지 오지,마 아빠가하늘로 평생같이 그만아프기 완전건강 같이가

10+13 2+40 1+1 3+1 7+7 5+5 6+1 4+7

계좌 m

1979년 2300년 이년! 3등 4반4년 수십년 1998 피로연 눈눈왜백년 2021년

수상자 cm

등장인물 호칭

낳아준 부모님: 길수씨, 길수아빠, 시골아빠 / 엄마, 친엄마

키워준 부모님: 이층아빠 / 이층엄마

　　　　　큰오빠 신경섭 / 둘째오빠 신광섭

　　　　　　　이들이 너무 좋아 '신'씨로 성을 바꾸고 싶은 일인(나).

지미: 나 땜에 개고생 지지리 한 정지미

들꽃: 정지미보다 더 개고생. 내 삶의 정점 김견하

나머지 이름들은 가명이나 별명으로 쓰였고,
실명 공개를 '내'가 꺼리는지라 실명 공개를 그닥 하지 않음.

차 례

1장
날개 꺾인 새

2장
날개 꺾인 새,
깁스를 하다

3장
날라리,
진짜 새되어 날다

4장
날라리,
바람을 타다

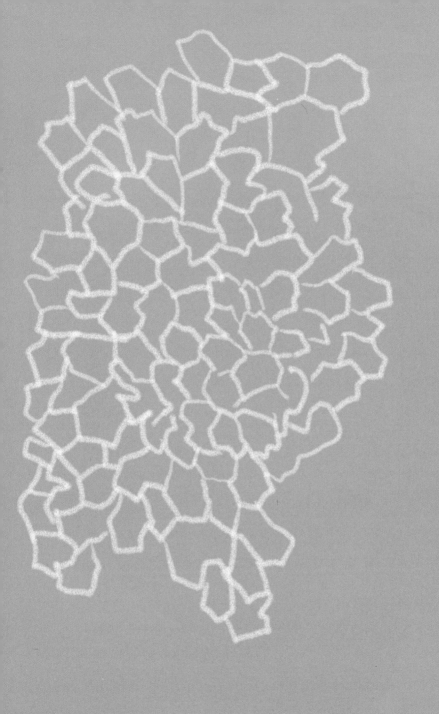

1장
날개 꺾인 새

뻔히 아는 사실인데도
멀리서 보면 모를 때도 있고
사람들이 아니라고 하면
나의 믿음도 사라질 때가 있습니다

황당하다는 말이 싫다.
황당을 거꾸로 하면 당황이 되기 때문이다.

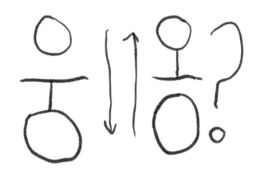

01.
일인칭과
이인칭의
사이

난, 평생 두 번째로 사람들에게 많이 들은 말이 황당과 당황이
란 단어였습니다. 나 같은 사람 평생 처음 봤다고들 하는 말에
기가 차기도 하지요. 그럼 이 세상에 나 같은 사람이 또 한 명
있겠고 되묻고 싶지만, 언덕에 풀어놓은 미친년처럼 내가 정신
없어지는 나를 봐 왔으니 말도 못 하잖아요.

내가 원하는 건….

내가 상식에서 많이 벗어난 행동을 하더라도 어떤 기준의 잣대
로 날 보지 말아 달라는 거예요. 나도 웃으며 나에게 말 걸어주
면 웃어주는 것 정도는 아주 잘한다고요.

나이에 맞게 행동을 한다는 것이 뭔지 잘 모르겠는데.
누군가가 내게 '너 왜 그러니?'라고 말했을 때 많은 생각들이
슬프고 슬프도록 내 머릿속에 지나가는 건 왜일까?

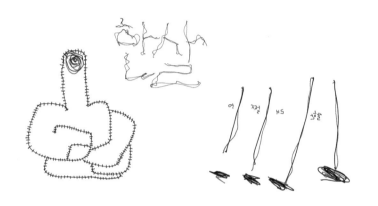

02.
겉 나이,
속 나이

내가 아는 원탁이란 아줌마는 나이가 몇 갠지 목소리가 정말
이상합니다. 근데 원탁 아줌마는 나더러 "너 대체 나이가 몇 살
이니?"라는 말을 제일 많이 합니다. 이렇게 물으면 일반적으로
지금의 내 나이를 말하겠지만, 나도 내 나이를 가늠할 수 없다
고 말해 주고 싶습니다. 난 헐크를 보면 일곱 살의 개구진 아이
가 되고 원탁 아줌마를 보면 멍텅구리가 된듯하고 내 부모를
볼 때면 난 노인이 되어버리니까요.
내가 몇 살이냐고요?
한번 맞춰보세요. 지금 내 나이가 몇 갠지요.

지금이 몇 시냐고 묻는다.

나는 그대론데 시간은 자꾸자꾸 변한다.

그리고 우리 엄마도 자꾸 변해 가고 있다.

지금이 몇 시냐고 묻는다.

그러기에 대답했다.

"엄마가 집을 잃어버린 시간이에요."

03.
시간

하루는 엄마가 있는 시골집에 전화했습니다. 엄마가 집에 안
들어온 지 3일이 되었다는군요. 엄마를 찾느라 전화해 볼 곳이
라고는 시내에 있는 약국과 병원뿐입니다.

온종일 엄마를 생각하느라, 걱정하느라, 시간이 어떻게 흐르는
지 알 수 없었습니다. 엄마가 집을 잃어 헤매다가 어디로 갔는
지 알 수가 없습니다.

"약국이죠? 우리 엄마가 집을 잃어버렸어요. 어디 있는지 언제
약국에서 나왔는지는 모르지만, 확실한 건, 지금은 엄마가 집
을 잃어버린 시간이에요."

강냉이 다섯 알의 노심초사.
나의 한숨에 흐트러진 땅콩껍데기.
버릴 것들은 결심을 빨리하는 법이다.
한숨 한번 쉬고 걱정 한번 하면,
큰 배려라도 한 듯.
위로된 양….

04.
하늘
아래에는

돈이 없어 지하실에 살고 있는데 옆집 아주머니가 저를 쫓아
내려고 합니다. 원래는 2층에 살던 아줌만데 무슨 일인지 전세
1,000만 원의 지하로 와서 나와 옆방에 사는 것이 자존심이 상
했는지 별의별 꼬투리를 잡아 다른 데로 이사 가라고 소리를
지릅니다.
술로 하루를 지새우고 그 다음 날 또 술로 하루를 지새우고….
땅콩껍데기 날아다니는 한쪽 구석에서 한숨을 연거푸 내쉽니
다. 이제는 어디로 가야 할까요.

인기척이 나는 곳에서는 목소리가 들리고
발자국이 생기는 곳에서는 사람이 안 보인다는 그것 말이야.

눈을 들어야 하늘이 보인다니?
목을 젖히면 굳이 눈을 들지 않아도 된다는 걸.
이런 건 아무도 안 가르쳐 주더구나.

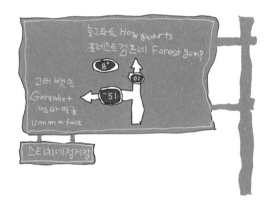

05.
관심의
목소리

아주 커다란 쥐 두 마리와 함께 살았던 적이 있습니다. 고 녀석
들 뭘 얼마나 먹었는지 너무나 뚱뚱해 내 옆을 아무렇지 않게
지나다가 내 눈을 마주쳐도 전혀 뛰질 않습니다.
난 쥐 잡는 법을 모릅니다. 그리고 쥐가 내게 해를 끼치는 동물
이라는 것도 몰랐습니다. 그래서 난 쥐와 무려 일 년을 함께 살
았어요.^^

나는 내 손을 싫어했다.

내 손이 늙는다.

조금씩 보이는 체크무늬 주름이 어디서 본 듯하다.

하지만 나는 그렇게는 살고 싶지 않다고

세상의 여느 딸들처럼

마음으로 다짐한다.

06. 엄마는 나

드라마를 보면 가끔 극 중 딸들이 엄마에게 "난 엄마처럼 살지 않을 거야!"라고 말하는 것을 봤어요. 내 친구들도 그런 얘기를 한 적이 있고….

그런데 난 좀 다행이랄까요?

난 채소장사 할 줄 모른다고요. 그리고 새벽에 두 번씩이나 일어나서 물건 떼러 갈 수 없는 게으름뱅이까지 해요. 그래서 난 엄마처럼 될 수 없는 거라 할 수 있겠어요.

그런데 오늘 만져본 엄마의 머리카락은 정말 저와 많이 닮았더라고요. 그리고 엄마가 앓고 있는 당뇨병도 제가 똑같이 앓고 있더라고요. 또 하나 엄말 아주 닮은 점이 있다면 포기하지 않는 것. 힘들어도 다시 일어나는 것. 이건 엄말 꼭 빼닮았어요. 우리 엄마의 삶이 그러했는데도 불구하고 엄만 누군가를 원망하지 않습니다. 나도 그래야겠는데, 난 가끔 왜 엄마가 원망스러울까요?

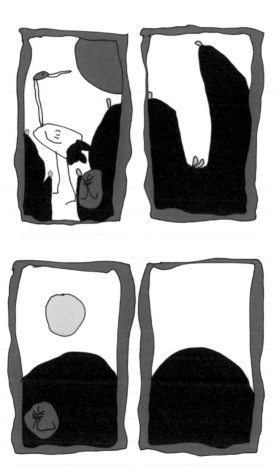

막대사탕을 물고 있으면 말을 못 하고 버벅대도
사람들은 그러려니 한다.
사탕을 물고 있으면 말 걸지 않는 사람들도 더러 있다.
사탕이 너무나 좋은 이유다.

07.
자진
외톨이

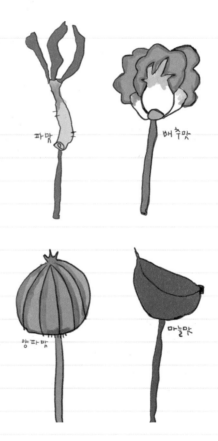

파맛

배추맛

양파맛

마늘맛

사람들하고 침이 마르도록 얘기해 본 적이 없었습니다. 지금의 제 모습을 보면 어디 상상이나 했을까요? 기분이 좋을 때면 남의 말도 가로채며 온몸으로 개그 하는 저를 말이죠.

그땐 세상에 발을 딛고 있다는 것조차 짜증이 났습니다. 사탕을 물고 있을 때 그때도 말을 자꾸 걸면 난 일부러 침을 흘려버렸습니다.

'당신이 자꾸 말을 거니까 내가 침 흘렸잖아. 그러니까 말 걸지마'라는 하나의 경고 차원이라고 보시면 됩니다.

여우가 곰 가면을 쓰고 나온다.

근데 곰은 여우 가면을 쓸 수가 없다.

그래서 나는 곰을 좋아한다.

08.
곰과 여우

여우는 곰의 탈을 쓸 수가 있습니다. 그런데 곰은 덩치가 아주 커다래서 여우의 탈을 쓸 수가 없죠.

전, 귓속말하는 것을 무척 싫어합니다. 특히 사람을 앞에 앉혀 놓고 귓속말하는 사람이 너무 싫습니다. 아마도 제가 귓속말을 못 해서 일 거예요. 난 귓속말을 한다고 생각했는데 주위에 많은 사람이 제 말 소릴 다 들었다는 거예요. 정말, 저는 닭꼬치 두 개 먹고 싶을 때 빼고는 귓속말을 하지 않습니다. 닭꼬치를 좋아하는 저는 과연 여우일까요? 곰일까요?

세상은, 내가 생각하기 나름이라고.
환경에 적응할 수밖에 없는 거지 같은 운명이지만
그 운명은 새롭게 개척할 수 있는 거라고.
나에게는 아직도 많은 기회와 좋은 사람들이 있다고.
가냘프게 보이지만 전혀 내 생각일 뿐인 열매 없는 대추나무가
다음 해에 열매를 기약하며 내게 가르침을 준다.

지미는 열매가 열리지 않아 초라하기 짝이 없는 대추나무에게
한해를 위로해주고 잘 자라라고 물도 주고 영양제도 줍니다.
얼마나 볼품 없는지 이건 나무라고 할 수가 없을 정도입니다.
그런데 그 가냘픈 나무가 옆집과 이어져 있는 담벼락을 뚫고
자라나고 있음을 봅니다. 뭣이 궁금하다고 뭣이 살 희망이라고
빠끔히 세상을 올려다봅니다.

09.
당연한 결과

나는 가위를 낼테니 너는 주먹을 내라.

내가 맘 편히 져줄게.

그런데도 너는 가위를 내고 또다시 가위바위보를 하자고 하는구나.

내가 멍청한 거니 네가 못 믿는 거니?

10.

믿을 수 없는 믿음

난 귀가 얇습니다. 남들이 하는 말은 무조건 다 믿어 버립니다. 그래서 보이스피싱에 몇 번이나 걸려들 뻔했지만, 다행히 그때 마다 어찌어찌하여 잘 넘어가게 되었지요. 뻔히 보이는 거짓말 을 할 때도 그냥 믿어 버리자고 다짐을 합니다.

나른한 정오.
아이스께끼 하나 물고 있는 익산시장 리어카 말타기 장수 아저씨.

"난 요즘 이거 안타요. 아저씨."

예전에는 놀이기구 한번 타러 동네를 빠져나가기란 아주 쉽지 않을 때, 말타기 장수 아저씨가 동네에 한 번 떴다 하면 8세 이하 어린이들은 죄다 몰려들어 줄을 섭니다. 백 원을 내고 말을 타고 있으면 말 장수 아저씨는 몇 개의 동요를 틀어주지요. 난 말을 열심히 타면서도 이층엄마에게 눈을 떼지 못합니다. 왜냐하면 엄마도 내가 이렇게 신나 하면 함께 신나 했거든요.
그런데 지금은 타고 싶어도 못 타잖아요. 내가 신이 날 때 함께 신이 나는 엄마를 보려면 진짜 말을 타야 하는데, 그럼 돈도 많이 들어가고. 중요한 건 엄마나 아빠가 그런 기력이 없어졌다는 거죠. 그래서 익산시장 말타기 아저씨께 공손히 말씀드렸어요. "아저씨, 저 요즘 이거 안타요." 하면서 옛 추억을 한 고개 넘겨 보냈지요.

나 어렸을 적에, 우리 합동주택 옆에는

언니 오빠들의 놀이터가 되어준 큰 바위산이 있었다.

어떻게 살아왔는지 바위를 뚫고 이리저리 뻗어있는 아까시나무는

봄 되면 좋은 냄새로 힘겹게 사는 우리네 사람들에게

기쁨과 쉼을 주었다.

아까시나무를 용케 딛고 산에 오르는 오빠들이 부러워 따라 올랐다.

조금 후,

이층엄마는 큰 오빠를 데려와 연신 잔소리를 읊어 댄다.

바들바들 떨며 울고 있는 나에게

왜 거기는 올라갔냐며 잔소리하는 사람도

또 나를 데리고 내려온 사람도

'가족'이라 부르는 사람들이었다.

지금은 없어진 그 아까시나무를 나는 한 번 더 밟고 올라선다.

내게 누가 올 것 인가를 생각하며 말이다.

12.
가족도
남이,
남이
가족이

'가족'이란 테두리는 때론 나의 중심이 되기도 하지요.

매번 그렇지는 못해요.

가족이 될 때도 있고 아닐 때도 있으니까….

우리 학교 옆 동네엔 소은이네가 산다.
소은이는 엄마 아빠가 없다.
가끔은 소은이랑 놀아주기도 하는데 소은이는 이상하다.
욕도 잘하고 나를 막 때린다.
어떨 때는 잘 웃다가도 또 어떨 때는 신경질을 내며 울기도 한다.
도대체 싫다는 건지 좋다는 건지.

어디선가 들꽃이 말하는 소리가 들린다.
"꼬까야~ 좋으면 좋다고 해야지 짜증을 내면 어떡하니…."

13.
두 가지
마음

난 나를 표현하지 못할 때, 감정을 추스르지 못할 때 대부분을
짜증으로 일관합니다. 예쁘다는 말도 불평으로 말하는 나는 투
덜이라는 별명도 가지고 있지요. 좋으나 나쁘나 짜증을 냅니
다. 난 남들이 내 마음을 달랠 수 없다는 것을 압니다. 내 나쁜
상황에 종지부를 찍어줄 만큼 도움을 요청할 수 없는 나를 압
니다. 그럴 땐 그냥 짜증을 내는 것이지요. 그러면 들꽃은 나를
안아주며 나를 얼러줍니다. 다 큰 아이를 껴안은 엄마처럼.
나는 나를 꼭 껴안아주는 들꽃이 참 고맙습니다. 그 안아주는
마음 때문에 나도 나를 안아주니까요.

035

훗날 내가 예수님을 만나면 꼭 하고 싶은 일

1. 아담과 하와를 만나보기
2. 공룡 고기 먹어보기
3. 넓은 우주를 날며 잠자기
4. 세상에서 제일 큰 고래 등에 타보기
5. 외계인의 존재에 대해 알아보기
6. 사랑하는 사람들과 헤어지지 않고 한집에서 살기
   (완전 똥구래미 백 개)

14.
우리의
소원은
통일

'우리의 소원은 통일' 만큼 어려운거~

난 어려서부터 궁금한 것이 많았습니다.

개미가 무슨 맛일까 먹어보다가 혀를 물린 적도 있었고, 물고기가 물에서 살 수 있다는 것이 신기해 나도 그렇게 해 보겠노라고 수영장에서 깊은 물에 들어가 죽을 뻔한 적도 있습니다.

이렇게 궁금한 것이 많은 제게 요술 지팡이가 생겨 소원을 하나 들어준다고 한다면 난 무엇을 소원으로 빌어야 하나 고민을 참 많이 했습니다.

그런데 어려서나 지금이나 한결같은 나의 대답은 '사랑하는 사람들과 헤어지지 않고 한집에서 사는 것'이라고 대답을 합니다. 사랑하는 사람들과 때로는 헤어져야만 한다는 것을 아직도 이해하지 못하고 힘들어하는 나의 모습을 보며 아직 내면에 성숙하지 않은 또 다른 나를 발견합니다. 헤어짐으로부터 해방되지 못하는 나의 모습. 그리움으로부터 적응하지 못하는 나의 모습 말입니다.

시간은 흘러서 많은 것들을 변화시키지만 나에게 이것만은 쉽게 변하지 않는 슬픔인가 봅니다.

두 번은 너무 고통스럽잖아.

세 번은 너무 고통스럽잖아.

소리 질러도 아무도 없는 텅 빈 곳에서
앓아누워본 적 있는 사람은 그 고통을 알지.
두 번 세 번 네 번 다섯 번 다가오는 고통일 땐
어떻게 피하는지도 알아 갈 테지.

15.
사랑은
한 번에
생각나는
거야

난 알고 있어.
아니까….
우리 함께 느끼고 있는 거 맞지?
말은 못하더라도
같은 사람을 느끼고 있는 거 맞지?
믿고 싶은 사람
하나님이 말씀하신 그 한결같은 사람.

사람들이 세상에 태어나 아침에 눈뜰 때부터 잠이 들기 직전까지 마음이 울렁거리는 아픔을 몇 사람이나 앓아 봤을까요?

눈을 감고 두 팔을 벌렸는데 주위에 아무도 없어 만져지는 것도 없고 캄캄한 광장에서 없는 사람의 이름을 부르는 그 외로움을 몇 사람이나 느껴 봤을까요?

밥을 삼켜도 눈물이 나고, 음악을 들어도 눈물이 나고, 친구를 만나도 눈물이 나고. 반복되는 이 고통 속에 이유도 모른 채 살아가는 사람들이 나 말고 몇 사람이나 더 있을까요?

믿고 싶습니다. 누군가 날 그리워하는 사람이 있을 거라고 말입니다. 기대합니다. 사람들이 내 옆에 서 있을 꺼라고 말입니다. 날 사랑한다고 했던 그 말들이 진심이길 오늘도 큰 광장에서 소리쳐 봅니다.

내가 뭐라고 말했나요?
난 그저 울었지요.
근데 날 안다고요?
인제 와서 힘든가요?
아직은 멀었어요. 내가 보기에 당신은 날 이해하기엔 멀었지요.

더 울어보세요.
그리고 저 때문에 더 아파보세요.

16.
안다고 말하지 말고 가만히 느껴줘

난 아기들을 참 좋아합니다. 내가 아무리 아기를 좋아한다고 해도 어디 그 마음이 배 아파 낳은 엄마만 하겠습니까? 아직 제가 겪어 보지 못한 아픔입니다.

반항기 가득해서 내 앞에 있는 사람을 노려보며 무슨 배짱에서 인지 날 사랑한다면 증거를 대보라고 소리칩니다. 내 삶은 나만 안다고. 동정이 사랑인 양 착각하지 말라면서요. 내가 이렇게 소리친다고 그 사람이 내 삶을 겪어 볼 순 없는 거지요.

하나님은 잠잠히 사랑한단다.

따졌다.

잠잠히 사랑하면,
졸리다고.

난 늘 불만인 것이 있습니다. 하나님은 왜 사람을 잠잠히 사랑
하는 거죠? 우리 엄마가 사기를 당해 아플 때도 내가 슬플 때
도 그저 잠잠히 계셨다는 거잖아요.
이것 보세요, 하나님~! 잠잠히 사랑하면 근지러워요!
그리고 아주 많이 졸려 죽겠다고요!!

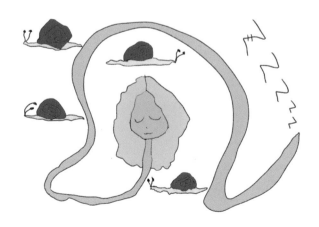

손을 베어 속살이 보인다.

창피해 얼른 손을 감췄다.

그렇다고 속마음까지 들킨 건 아니니까 안심해….

피자에는 당근 보다 총각무 총

18.
들키지
않는
것들의
실상

난 지적이고 우아한 것을 좋아합니다. 우리 이층엄마가 그랬고 내가 만나왔던 사람 대부분이 그랬습니다. 지적이고 우아하지 못한 사람 하나 난동을 부린다면 그 우아한 집단은 비상이 걸립니다. 그 지적이지 못하고 우아하지 못한 사람은….

바로. 접니다.^^ 사실 내 마음 깊은 곳에는 지적이고 우아해지고 싶은 마음이 있습니다. 그런데 지적인 건 학생 때 공부를 못해서 지적일 수 없고, 게다가 변비까지 있어 더욱 지적일 수 없습니다. 우아해지고 싶은데 제 얼굴엔 늘 우아할 수 없는 표정들로 가득합니다. 그래서 난동을 부리는 거예요. 이해하시겠어요? 나 지금 머리에서 피나요. 너무 골똘히 생각해서 그래요. 그만 쓸래요. 머리에서 피나니깐….

도둑은 수시로 찾아온다.
못생긴 도둑, 엄마가 없는 도둑, 멍청한 도둑, 욕심이 많은 도둑.
"열려라, 참깨" 해야 열리는 문이 오늘은 열리지도 않는다.
이걸 다행이라고 해야 하는 건지.

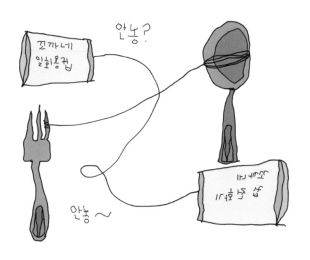

내 마음은 굳게 닫혀 있습니다. 그런데 딱 두 사람 제 마음을 여는 사람이 있습니다. 들꽃과 지미라고요. 나에게 유일하게 "열려라, 참깨"를 외치고 내 마음과 소통하죠. 내 마음에 "열려라, 참깨"를 외치고 들어오는 사람들 중 가장 정상인들입니다. 애네는 몇 달 내 마음에 소리치다 혼자 드러누워 잠이 들었네요. 무척 피곤했던 모양입니다.

나를 객관적인 시각으로 보면,
나름대로 특이하다고 하는데.
그래서 그런지
나의 주관적인 모습을 모를 때가 있다고.
지극히 주관적인
내 이가 가지런한 것 말이다.

"꼬까야, 너 이가 참 예쁘다."

마치 못생겼던 이가 갑자기 예뻐진 양,
오~랜 시간이 지나서야 안다.

20.
자세히
봐야
알겠니?

우리 팀 막내 에수덕이 어느 날 갑자기 이런 말을 합니다.
"전 세상에 태어나 꼬까샘 같은 분은 처음 봅니다."
야! 에수덕! 나도 너 같은 애 세상 살다 처음 보거든!!
우리 팀 막내 에수덕이도, 종선이도, 날 만나지 일 년이 넘어서
야 내 이가 예쁘다고 말하네요. 역시 난, 정상인처럼 행동하는
거 너무 힘들어. 계속 정상적인 사람처럼 굴면 내 이가 예쁘다
는 걸 금방 알지도 모른다고 생각했는데 그것도 아니더라고요.
대체 정상적인 삶은 어떤 거지요?

조카가 갑자기 사 들고 온 병아리 두 마리.
좀 뭔가 이상해서 붙여준 이름 병신이와 병박이.
두 마리를 들고 한참을 쳐다보다 무심코
내 입에서 튀어나온 한마디.

"합쳐서 두 입 거리"

난 닭을 싫어합니다. 다섯 살 때 절 쫓아다니는 닭 한 마리가 있었는데 너무 무섭고 징그러웠는지 도망치다 멈춰서는 닭 볏에 토해버렸답니다. 병아리는 작고 귀엽긴 하지만 닭이 될 거잖아요. 그래서 병아리는 FOOD입니다.

21.
What's
병아리

은색 컵에 우유를 담아 주~욱 들이키는데
컵 안 밑동에 눈과 코 윗입술이 비친다.

"저기 보이는 흉측한 얼굴은 나만 볼 수 있어서 다행이야."

거울을 보다가 문득 난 내가 되고 싶다고 생각했습니다.
이렇게 저렇게 보는 시선 속에서 나는 내가 되기로 했습니다.
내가 혼자일 때 나만 아는 나의 모습을 다른 사람들이 어찌 알
겠어요. 은색 컵 안의 내 모습도 나만 아는 거잖아요.
나에게 아무것도 묻지 마세요.
나에게 다가오지도 마세요.

22. 나만이 아는 나

생각해 보니 모기가 걷는 거 본 적이 없다.

그래서 실험해 보기로 했다.

모기를 생포했다.

그리고 두 날개를 떼어 냈다.

그랬더니. 걸었다.

23.
없어지면
생기는
기적

파리는 잘 걷던데, 모기는 도통 걷질 않아요.

그래서 떼었어요. 모기 날개요.

가만 생각해 보니 모기가 날개가 없으면 사람 피를 먹으러 걸

어다니다가 힘 빠져 죽거나 배고파 죽을 것 같습니다.

조금 더 관찰하고 싶었지만 약간 바빴거든요.

그냥. 그렇다고요.

한 번도 먼저 손 내민 적 없는데.
먼저 웃어준 적도 없는데.

저 늙은이 지미는 밤마다 계속 내 옆에서
지겹게도 내 손을 잡고 눈을 감고 기도를 한다.

자꾸 그러면 이제 더는 모른 척하기도 힘들잖아.

24.
지미

나에게 잘해주는 지미가 싫었습니다. 웃는 것도 싫고 지미와
같은 이불을 덮는 것도 싫었습니다. '사랑'은 존재할 수 없다고
생각했고 사람은 한결같을 수 없다고 느꼈으니까요. 그런데 제
가 가지고 있던 생각과 느낌을 지미는 벽을 허물 듯 허물고 있
었습니다. 내 마음이 통했고 내 눈빛이 달라졌습니다.
내가 지미에게 졌다는 생각에 자존심이 상했는지 더 툴툴댔지
만 잠시만 열어두자고 했던 나의 마음이 닫히질 않네요.

뒤에-뼈에 사무치도록 그리운 사람을 쏟아낼 때,
가슴을 후려치며 고통을 호소할 때도,
심지어는 유리문을 발로 걷어차 깨부수어
온 동네를 시끄럽게 만들 때도,
한 발자국도 움직이지 않고 내 옆에 끝까지 있는 단 한 사람이 있다.
내가 잠잠해질 때쯤
뜨거운 콧바람을 내뿜으며 지쳐있는 내게 나지막이 말한다.

"네 잘못 아니야…."

25. 지미 2

내가 잘못한 거 맞는데 나더러 내 잘못이 아니래요.
내가 협박을 하고 행패를 부려도 내 옆에서 꿈쩍도 안 해요.
나보다 훨씬 작은 사람인데 무언의 그 얼굴에서 깊은 슬픔을
봅니다.
'지미 눈에 내가 있구나. 그래서 슬프구나.'
지미는 날 보고 날 느끼고 날 사랑하는 바보입니다.
바보 정집사!!!

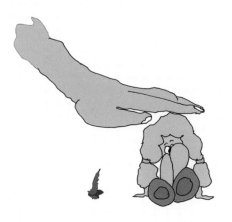

꼬까야 고통은 누구에게나 숙제야.
숙제를 안 해 본 사람은 없어.
잠시 미뤄둔다고 없어지는 건 아니지.

중요한 건 미루는 것보다 나눈다는 게 중요한 거지.
그럼 조금은 수월해질 거야.

26.
정말
그랬으면

갑작스러운 고통은 나를 매우 아프게 합니다.
내게 고통을 주는 사람을 안 만나야 하는 건지, 턱까지 차오른
고통을 해결해야 하는 건지…. 어쨌든 이 문제를 어떻게 해야
하는 건가요. 정말 나의 어려움을 술로 달래는 게 아니라 누군
가와 나눈다면 조금은 수월해지는 것 맞나요?

내가 아프다고 한다.

난 '고통이 있을 뿐'이라고 말했는데,

의사는 아주 상세하게 내가 왜 아픈지 어디가 어떻게 아픈지까지

모두 말해 주네.

내가 나인데도 난 모르겠던데….

그러니 어찌 보면 우리 엄마 재네 엄마 인생살이

그럴만도 하겠다는 상각이 들어.

저도 제 몸 하나 못 가누는 인생.

젤로 당황스러운 일은 큰 걸 보려고 화장실에 갔는데 한참을 앉아 있어도 나오지 않을 때입니다. 내 몸에 찌꺼기 하나 배출 못 하는 사람. 돈이 많아 떵떵거리는 사람들이나 지위가 높아 배 두들기며 떵떵거리는 사람이라도 큰 걸 못 보는 변비에 걸리면 모두 지금 내 모습 같겠지요.

이리저리 날뛰어도 고작 '인간'이에요. 결국 인간이라고요.

어쩔 수 없는 인간입니다.^^

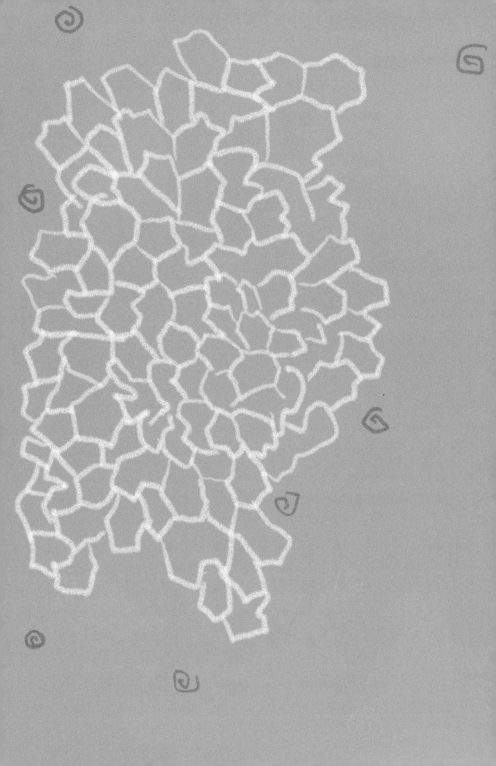

2장

날개 꺾인 새,
깁스를 하다

뻔히 아는 사실인데도
멀리서 보면 모를 때도 있고
사람들이 아니라고 하면
나의 믿음도 사라질 때가 있습니다

그럴 때 저는 제 눈에게 말합니다
"매번 보는 것처럼 안 봐도 돼
새롭게 보는 건 참 좋은 거야
그러니 부정적인 남의 말처럼
정말 네가 이상한 건 아니야, 안심해"

구차한 변명은 안 하느니만 못한다 해도 때로는 해주었으면 좋겠다.
돈이 없으면 없다고 말을 하지.
내가 밉다면 밉다고 말을 하지.

나도 자장면 먹을 줄은 안다고.
순간은 내가 잘난 사람이 아니라고, 그렇다고 스스로 생각해도….
누군가가 내게 한 말이 자꾸 떠올라
나에게 함부로 할 수도 없잖아.

01.
이젠 싫어하게 된 옆방 소리들

집이 없어서 옷 짐을 들고 다니며 누울 곳이 어디 있나 이리저리 방황 했었죠. 그때 누구 집인지, 방 한쪽 귀퉁이에 배가 고파 앉아 있는데 어디선가 들려오는 환호성과 자장면 냄새….
난 분명 집에 있었는데 그쪽 식구들끼리 아주 잔치를 열었더라고요. 손 뻗으면 바로 내가 있는 방문을 열 수 있었을 텐데 말이지요. 그래서 그런지 난 지금도 자장면을 맛있게 먹고 나면 꼭 얹히더라고요. 짬뽕은 안 그러던데….

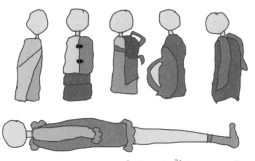

사람 위에 사람은 있더라고…

엄마가 보고플 때 엄마 사진 꺼내놓아도 되지만
엄마가 보고플 때 엄마 얼굴 꺼내놓으면 안 된다.

하나님이 흙으로 사람을 만든 건 믿어지지만
어떤 할아버지가 나무로 피노키오 나무 인형을 만들어
인형이 사람으로 되었다는 건 믿으면 안 된다.

아담의 갈빗대로 하와를 만든 것은
절대적으로 믿어지지만
원숭이가 사람으로 됐다는 건
완전 무서운 말이다.

더 무서운 말은
동굴 속에서 마늘하고 쑥만 먹고
사람으로 변한 곰의 이야기다.

02.
자극

세상에는 어두운 것들을 아름다움으로 표현해 그것이 정답인
양 사람들의 오감을 자극합니다. 만약, 성경책에 나오는 베드
로를 피노키오로 만들고 모세를 원숭이로 점점 변하게 했다면
세상 사람들은 모두 하나님을 믿을 수 있을 거란 생각이 들었
어요. 완전한 오감이 자극 될 테니 말이지요!
참…. 우리는 너무 겉포장에 익숙해져 있는 것 같습니다.

믿는다는 건
어딜 가나 당당하게 눈에 띄더라고요.
난 믿지 않더라도
그냥 믿어지게 하더라고요.

대체 〈믿음〉이라는 게 볼 수 있는 것이라면
제 보물 상자에서 우표 스티커를 떼어 두 장씩이나 붙여주고
우리 길수씨께 보내 줄 텐데요.

만약 만져 볼 수만이라도 있다면
그 느낌을 상세하게 설명해 주고픈 사람이 있지요.
기억을 잃어가는 한 사람 말이에요.

내 말이라면 믿음을 갖겠지요.
난, 딸이니까….

03.
사랑하는
길수아빠
그리고
이층아빠

세상에서 가장 힘든 일이 있다면 믿음을 갖는다는 것 같아요.
믿음을 갖는 그것보다 더 힘든 건 신뢰를 쌓아 남에게 믿음을
주는 것이지요. 하지만 믿음이라는 것이 확고하게 맘속 깊이
자리 잡으면 그 안에서 좀처럼 볼 수 없는 당당함이 느껴져요.
난 남들처럼 뭐든 쉽게 믿는 사람은 아니지만 내가 믿게 된 하
나님의 사랑에 대해서는 무조건 당당해질 수 있습니다.
난 우리 이층아빠에게 당당히 자랑할 겁니다. 나이가 들어 기
억을 잃어갈지라도 내가 자랑을 하면 아빠 마음에 그 진리가
새겨질 것입니다. 이것도 저만의 믿음이에요.

아프다는 게 뭔지 느껴지기 시작했다.

그러니까 참 귀찮아지긴 하더라고.

다치면 약을 발라줘야 하고 아픔을 느껴야 하잖아.

참 귀찮은 일이라고 생각은 드는데

왜 나에게 미안하다는 마음이 드는 걸까.

04.
느낌은
행동을
낳는다

사랑하려면 먼저 자신을 사랑할 줄 알아야 한다는 말을 너무 많이 들었어요. 근데 자신을 사랑하는 건 어떤 건지 알 수가 없었지요. 그건 아마도 내 주변엔 자신을 사랑하는 사람이 없어서 내가 알지 못했을 거라는 막연한 생각을 가지고 살아갈 때 몇몇 사람들 때문에 내가 놀란 적이 있죠.

난 발톱을 자를 때 피가 나도록 바짝 깎아야 합니다. 약간의 고통이 배어 나오도록 말입니다. 몇 년 전 수련회를 갔었을 때도 그랬는데 갑자기 어디선가 울음소리가 나서 밑에를 보니 현정 간사님이 제 발에 후시딘을 발라주며 "얼마나 아팠을까?"하는 겁니다. 모른 척했지만 현정 간사님은 아마도 발보다는 그렇게 할 수밖에 없었던 저의 마음을 읽은 모양이었지요.

내가 아플 때 나보다 더 아파해주는 사람이 있다는 건 사랑 일 거예요. 나도 나를 더 사랑해서 발을 아프지 않게 만들 때가 오면 나도 남의 발을 붙들고 눈물을 흘리겠죠. 넌 어느 만큼의 값으로도 매기지 못할 만큼 귀한 사람이라고 말하며 말이지요.

좋아하는 것과 사랑하는 것의 차이.
좋아하는 것은 감정에서 끝나지만
사랑하는 것은 죽는 것이라고.

너무나 단호하면서 설득력 있는 말.
들꽃은 그것을 위해 산다고 했다.

05.
들꽃
견하

사랑을 위해 울고 사랑하기 때문에 아프고.
내가 생라면을 좋아한다고 끌어안고 잘 수는 없는 거죠.
제가 소시지를 좋아한다고 소시지에게 사랑을 고백할 순 없는
거잖아요.
사랑은….
'나'를 사랑하기 때문에 생라면을 많이 먹지 않고, 소시지는 되
도록 피하는 그것으로 생각했습니다. 그것이 내가 나를 사랑하
는 거니까…. 나를 먼저 사랑해야 다른 사람도 사랑할 수 있는
거라고 들었죠. 들꽃이 나에게 그렇게 말을 하니까….

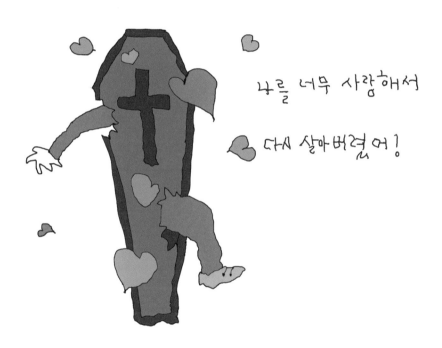

나를 너무 사랑해서

다시 살아버렸어!

한 손은 나의 가슴에, 또 한 손은 예수님 가슴에.
예수님께 말했다.

"예수님…. 지금 어디 아파요?"

06.
들꽃이
가르쳐준
기도

예수님의 심장 박동 수가 빨라집니다. 예수님이 울고 계신
것 같습니다. 그래서 내가 왜 우시냐고 물었지요. 나도 울고
있는데 울면서 또 물었습니다. 왜 우시냐고요….

이거 줄게 울지마요.

들꽃의 기도

"하나님, 이제 그만하셔도 될 것 같은데요.
나 너무 힘들거든요. 그러니까 이제 그만하시죠.
그러나 주님,
제가 화나서 하는 말 기억하지 마시고
내 깊은 중심을 봐주세요.
하나님을 너무 사랑해서 고백할 때 나의 음성만을 기억해 주세요."

07.
동감

아멘~ 내가 하고 싶은 말도 바로 저거예요, 주님.

우리 학교 옥상에 올라갔다.
언뜻 보면 고작 한 뼘밖에 안 되는 도시 위 하늘에 비행기가 뜨고,
눈 돌리지 않아도 한눈에 뵈는 마을에 수많은 사람이 살고 있다.

고작, 고작 한 눈으로 다~뵈는데

내가 보는 저곳에서는 내가 보일까?
그럼 하나님은, 고작 '나'를 기억하고 있을까?

08.
친구

훈련을 받을 시절 옥상에 올라가 기도를 많이 했습니다.
역곡의 동네가 한눈에 보입니다.
많은 불빛 중에 십자가 개수를 세어보기도 하고 자동차가 지나
다니는 도로가의 연인들도 봅니다. 엄마 손을 잡고 아이스크림
을 먹으며 집에 가는 아이도 보이고 술에 취한 아저씨들이 어
깨동무하고 노래를 부르는 소리도 들립니다.
손가락을 최대로 뻗어 눈에 초점을 맞춥니다. 모든 것들이 아
주 작습니다. 커다란 건물들도 아주 작습니다. 내 손을 움켜쥐
면 잡힐 만한 역곡의 모든 것들이 손으로는 잡히지 않는 허상
이 됩니다.

하늘을 올려다보며 눈물을 흘립니다.

저기 저 많은 사람들은 나를 모르죠. 저기 저 많은 곳 중에 내가 살 곳은 한 군데도 없는 거죠.

그런 보잘것없는 나를 하나님이 두 손으로 꼭 움켜쥐며 "너는 허상이 아닌 나의 진리를 담은 소망의 바구니란다" 하십니다.

그렇죠. 예수님이 말씀하시면 저 모든 것들 내 한 손에 모두 담을 수 있죠. 주님 나랑 친구 해 볼래요?

저기 선생님 자식도 있고 회사원 자식도 있다.
아빠의 부재로 그냥 엄마의 자식도 있고,
사장님 자식도 목사님 자식도 있다.
저 많은 부모의 자식들이 신음한다.
나와 같이 신음하고 있다.

09.
이렇게
'희망'
이라고
부른다

우리는 때론 듣지 않아도 될 만한 많은 말들을 듣고 자랍니다.
좋은 흙에 깊은 뿌리를 내리고 싶지만 내가 밟고 있는 이 땅의
밑에는 콘크리트가 있다고 합니다.

우리는 보지 않아도 될 많은 것들을 보며 자랍니다. 부자인 걔,
행복해 보이는 너, 인기 많은 쟤. 너나 나나 모두들 하나씩쯤은
가정의 비밀들을 가지고 있습니다.

그럼에도 두 손을 힘껏 뻗어 구름을 움켜잡는 용기. 모두 그런
거죠…. 사랑받고 사랑하고 싶은 마음.

나는…. 이 마음이 모든 것들을 있게 하는 '희망'이라고 부릅니
다. 우린 이렇게 살고 있습니다.

믿고 싶지 않았고 믿어지지도 않는데.
생각이 마음보다 중요하지 않고
일 보다 쉼이 중요하다고 듣고부터 믿어진다.

내가 정말 소중하다는 거….

아침 해가 떴는데 난 방구석을 뒹굴며 책도 읽고 다시 또 자기
도 하고…. 아무 일도 하지 않는데도 난 아주 편한 마음으로 하
루를 마무리하지요. 아무것도 안 하는데도 편안한 마음. 이거
하기 어려운 건데…. 할 수 있어요? 나에게 주는 가장 큰 선물
이라고 할 거예요. 아무것도 안 하는데도 맘이 평안한 거 말이
에요.^^ 나 자신을 마구 칭찬해 주고 싶을 때, 나를 더 사랑하
고 싶어질 때 나는 가끔 이 선물을 나에게 줄 거예요.

목메어 처음으로 표현하는 아버지 사람에 대해
누구에게나 모두 그렇게 모르는 사람처럼 살겠거니 생각했었는데
조금 더 살아보니까 내가 사는 방식이 틀렸음을 알았고
그렇게 목메어 처음으로 아버지께 편지를 썼다.

웃으며 내 이름 석 자 크게 불러주세요.
"정아야~ 내 딸 김정아!"

11.
아빠는
아빤가
보다

나에게 '김씨'아빠는 술을 잘~ 드시는 아버지로 기억되고 지금
도 그러하십니다. 내 삶에 있어 아빠는 그리 중요한 인물이 아
니었습니다. 누구나가 그럴 거라고, 간혹 나와 같은 사람이 있
다 해도 그저 나처럼 살겠거니 생각했었습니다.
지금은 아빠를 조용히 불러보는 시간.
갑자기 눈물이 납니다. 모두 자는데 울음이 터져 나옵니다. 언
젠가 나도 아빠의 소중한 사람이었을까 생각하느라 모든 사람
이 잠든 시간에 통곡했습니다. 처음엔 눈물방울이 흐르더니 난
지금 통곡하고 있습니다.

시들었지만..
술병옆에 놓여진
아빠 선물~♡

처음으로 끄집어내는 친아버지에 대한 단상

아무것도 모르는 철없던 시절.
넓은 품에 안기려다,
별안간 한낮에 번쩍이는 별을 보고
내 마음에 사진을 찍었다.

그 사진을 화로 속에 떨구며 혼자 말한다.
"아버지도 예전에…. 나보다 더 아픈 일이 있었을 거야."
이해할 순 없지만, 용서할 거야.

12.
용서는
소망,
소망은
용서의
증거

그래도 난~
별봐서 좋은다^^

난 김씨아빠를 제대로 마주한 적이 없습니다. 어느 날 김씨아빠의 시선을 피하려다 얼핏 보게 된 김씨아빠…. 마른 다리와 수많은 주름…. '거봐 아빠도 늙잖아.'

조금 더 일찍 용서해 드릴 걸 그랬나 봐요. 이렇게 늙어 가시기 전에 내 손으로 밥 좀 지어드릴 걸 그랬어요. 내 마음속에서 조금 더 빨리 이해하려고 노력할 걸 그랬나 봐요. 그러면 지금쯤 아빠와 얼굴을 마주하며 이런저런 얘기를 할 수 있었을 텐데 말이에요.

살다 보면 후회하는 일들이 참 많아지는 것 같아요. '그때 내가 이랬었다면….' 하지만 이제 난 과거에 묶여있지 않을 겁니다. 그래서 늘 새로운 나의 아침을 열며 소망을 갖습니다. 난 소망의 증인이니까요.

처음으로 가져보는 친아버지에 대한 기대

매일 어떻게 죽을까를 고민하던 시절,
어렵게 어렵게 살기를 선택한 나의 용기에
언젠가 이렇게 말해 주길 기다린다.

"내 딸아, 살아줘서 고맙다."

13.
세상에서
가장
슬픈
자장면

저의 소망은 적게나마 이루어졌습니다. 제가 가지고 있던 고집
을 내려놓고 친아빠에게 처음으로 '사랑해요'를 말했죠.

아빠는 한숨을 푹~ 쉬더니 '알겠노라'고 말합니다.

오랜만에 간 시골 아빠 집.

다시 집으로 돌아오는 버스정류장.

아빤 내게 만원을 쥐여주시며 자장면 먹고 가라고 일러줍니다.

그리고는 내게 "나 때문에 네가 아픈 것 같아 참 미안하다"라
고 말합니다.

차를 타기 전, 중국집에 가서 먹는 자장면.

세상에서 가장 슬프고 가장 기분 좋은 자장면이었습니다.

이런 자장면 혹시 드셔 보셨어요?

김씨아버지가 던진 욕 한마디에 호탕이 웃을 수만 있다면
김씨아버지의 아픈 번개 짓에 눈 한번 지긋이 감고 안아주었더라면,
그래서 내 안의 폭풍이 사라진다면,
그래서 김씨아버지의 아픔까지 품을 수 있다면….

14.
아버지

궁금한 것이 많은 사람은 두 가지 사람이다.

발전하는 사람.

그리고 나처럼 기본이 안 된 사람.

15.
발전

언젠가 집단 상담을 받았던 때가 있었습니다.

나는 지미, 예녹이라는 언니들과 함께 생활하는데 다들 저 때문에 힘이 들었는지 집단 상담을 했었지요.

예녹장군이 하는 말이 "꼬까는 치약을 중간부터 짜요, 이불도 물론 안 개고요. 남의 물건을 맘대로 씁니다."

참 충격이었어요. 치약은 끝에부터 짜야 한다는 것. 자고 난 이불은 개야 한다는 것. 남의 물건은 함부로 쓰면 안 된다는 것. '언니들이 나 때문에 많이 참아주었구나.'라는 생각을 하니 많이 미안했었습니다.

이제부터는 아주 기본도 모르는 사람으로 돌아가 사람들에게 많이 물어봐야겠습니다. 그러면서 저는 발전해 나가겠지요.

숨쉬기가 곤란하다.

신경 안 써도 되고 남들은 노력을 안 해도 되는 것을

나는 참, 곤란하게도 한다.

오늘부터 생각을 다르게 하자.

곤란한 지경에 놓였을 때는

난, 괜찮다고.

'정아야···. 넌 괜찮을 거야'라고 말이다.

내가 천식이 있다는 사실을 고등학교 2학년이 돼서야 알게 되었습니다. 천식, 참 무섭더라고요.

난 모기향이 싫어요. 왜냐하면 모기향을 피우면 천식이 오거든요. 예전에는 내가 싫다고 해도 모기향을 피우는 사람들뿐이었는데 지금은 내가 싫다고 하면 날 위해 곰곰이 한 시간은 너끈히 고민해주는 사람들이 곁에 있다는 걸 알아요.

"꼬까야, 괜찮아. 내가 옆에 함께 있어 줄게. 어서 자."

내 마음에 두 손을 대고 들꽃이 건넨 말···.

"거봐 넌 괜찮을 거라고 했잖아"

고민하게 만들어 참 미안한데 그래서 내가 살 수 있는 것 같아···. 고마워요.

내가 좋아하는 사람.

그래도 나는 짜증을 내고 불평을 한다.

예쁘고 사랑스러워도 나는 화를 내고

웃어줘도 미간을 찌푸린다.

그런데 날 안아주면

난,

눈물을 흘린다.

17.
표현은
행동으로

예전에 들꽃이 나한테 화가 많이 나 있었는데 내가 그래도 계속 화를 냈더니 내가 못 움직이게 나를 꼭 껴안은 적이 있었어요. 들꽃이랑 껴안고 있으면 내 마음이 녹아버리죠. 예전에 너무 화났던 수많은 생각들도 녹아버려요.

들꽃은 날 안아줄 때만큼은 온 맘 다해 날 사랑해 줍니다. 그래서 그런지 내가 너무 화가 나서 미칠 것 같을 때 들꽃에게 말도 안 되는 화를 냅니다.

"꼬까야, 뭐가 제일 화가나? 그러니까 지금 뭐가 제일 필요해?"

만약, 그 시간들이 지나서 들꽃이 날 잊어버린다 해도 나는 그때 그 사랑을 먹고 여전히 날갯짓을 하고 있겠지요!

때로는
예수님이 말씀하시는 그 말씀이
언제인지 왜인지 알 수 없잖아요.

그래도 슬퍼할 수는 있잖아요.

모든것이 협력하여 '선'을 이룬다.^^

예수님께서 말씀하시는 그 말씀이
때로는 제가 슬퍼하더라도
그게 영원히 슬퍼할 제목이 아니어서

18. 나의 소원은

그래도
참 다행이에요.

난 한 번도 그분께 실망한 적이 없습니다. 그래도 제게 '희망'이
라는 단어를 심어주신 분이잖아요.
너무 슬프고 외로울 땐 침 한번 꿀꺽 삼키고는 눈을 감습니다.
나의 미래에는 내가 이루려는 것들과 또 내가 사랑하는 사람들
과 함께 있기를 바라고 상상하며 말입니다.
가끔은 이럴 때도 있어요. 내가 좋아하는 일에 그분의 계획을
꿰맞추는 일 말입니다. 그러면 난 웃으며 잠들겠지요.

사실과 현실, 그리고 과거와 진실.
나는 얼마만큼 사람들의 마음을 들을 준비를 하고 있을까.
그 사람이 거짓을 말하든 사실을 말하든
얼마만큼 그 사람을 들으려고 준비하고 있나.
행여나 그것이 진실일까 거짓일까 재고 있지나 않을까.

19. 이단 교회는 존재하더라

나는 세상을 일찍 경험했지만, 세상을 참 늦게 알았습니다.
누구를 만나느냐가 정말 중요하다는 것도….
사람들은 재미를 위해서 거짓을 말할 때도 있고 피해를 받는
것이 두려워 거짓말한다는 것도 알게 되었어요.
내 삶에 아주 큰 일부가 거짓인 그곳에서 거짓으로 살아왔다는
사실을 알게 된 후 5년이란 세월을 땅속에 묻힌 듯이 살았습니
다. 그래도 난 그리워하고 아파하고 회상합니다.
들꽃이 내게 말한 "너무 아팠지? 이젠 모든 게 잘 될 거야."
난 아주 잘 되고 있으니까 아팠어도 상관없지 않은가요?
심지어 나 자신에게 실망하더라도 다시 한번 나에게 이젠 잘
될 거라고 말해주는 것.
이것이 제일 어렵더라고요.

너무 화가 나서 들꽃에게 신경질을 냈다.

들꽃이 내게 말하기를

당신은 좋겠어요. 기분 나쁠 때 기분 나쁘다고 말 할 수 있어서요.

당신은 좋겠어요. 좋을 때 좋다고 말 할 수 있어서요.

당신은 좋겠어요. 화가 나서 나를 나쁜 눈으로 쳐다 볼 수 있어서요.

당신은 좋겠어요. 그렇게 나쁜 행동을 해도 사람들이

당신을 사랑해서요.

당신은 좋겠어요. 당신 때문에 아파하는 예수님이 계셔서요.

자기를 표현하지 못하고 가슴에 묻어두는 슬픔이 얼마나 아픈 것인가에 대해 잘 알게 해준 분이지요. 들꽃이 내게 한 저 말이 정말 진심이었음을 함께하며 알게 되었어요.

그래, 나는 참 다행이에요. 내가 화내고 짜증내도 나를 들어주는 사람들이 있으니까요. 화를 낼 때도 좋을 때도 그렇다고 말할 수 있다는 것이 아주 큰 축복이지요. 난 하나님 때문에 운이 좋은 사람이라는 거. 즐거운 사실입니다.

아무리 부쳐도
주소가 없어 머물 곳 없는 편지.

돌아올 곳도 없어서
돌아오지도 못하는 편지.

그래도 슬퍼할 필요는 없어.
편지를 뱃속 깊은 곳에 넣어두는 거야.

그곳이 내 집이고 그곳이 예수님의 집이니까.

21.
나

이상하게 들릴지 모르겠지만 전 신문지를 찢어서 먹는 걸 좋아
했습니다. 뭐 하나 제대로 할 줄 모르는 내가 세상만사 뭘 알아
내겠다고 신문을 읽다가 기분 나쁜 글을 읽으면 찢어서 먹었습
니다. 학교에서 필기할 땐 지우개를 열심히 씹었습니다. 어느
날 예수님은 나의 마음 깊숙한 곳에 계신다는 얘기를 들었습니
다. 그리고 난 예수님께 정성스레 편지를 쓰고 먹었습니다. 내
안에 깊숙이 계신 예수님께 드릴 꺼니까요.

요즘도 이런 걸 먹냐고요? 아니요, 먹지 않아요. 어느 날 한참
어린 남자와 결혼한 복선언니가 저에게 "꼬까야 널 위해서 먹
지 마"라고 말해줬는데 날 위한 것이 무엇인가 깊이 고민하다
복선 언니 말을 따라야겠다고 생각했습니다.

언니 눈에 내가 보였거든요.

노란색을 좋아하는 아이.
주황색을 좋아하는 아이.
파란색을 좋아하는 아이.
초록색을 좋아하는 아이.

난 핑크색을 내 눈앞에 두고 저거 먹고 싶다고 말합니다.

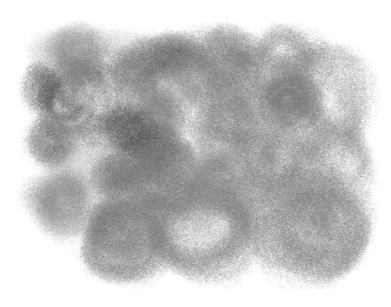

22.
핑크가
뭔데?

내가 드디어 핑크색을 좋아하게 되었습니다. 예전 같으면 손도
안 댈 그 색을 지금은 온통 핑크색으로 도배를 했습니다. 난 여
자가 되어갑니다. 그리고 한 가정을 꾸리고 싶은 여자가 되어
갑니다. 그래서 난 밥도 핑크색 맛이고 물도 핑크색 맛이고 순
대도 핑크색 맛입니다.

훈련 시절.

몇 주째 내가 별로 좋아하지 않는 동생이 같은 방을 쓰고 있다.

시끄럽던 동생이 내 덕에 조용해졌고.

불같던 나는 동생 덕분에 참을성이 조금은 생겼다.

"정아야, 세상은 어울리지 않는 것들이 어우러져

하모니를 이루어 간단다."

어느새 동생과 나는 같은 소리에 귀를 대고

나란히 눕는 법을 배워가고 있음을 느끼고 있다.

23.
부딪힘은
어우러짐

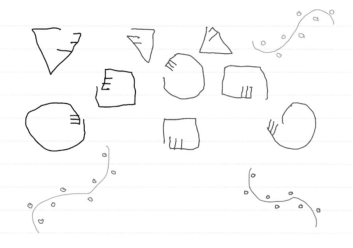

사랑하며 절제를 알게 되었고 사랑할수록 겸손하게 되었죠.

그대와의 시간에 믿음과 사랑으로 오래 참는 사랑을 배우죠.

〈소울싱어즈 2집 '사랑하며' 중에서〉

가위바위보 안 하고 자원하는 마음으로 밤 닦는 거 싫다.

밥 먹는 자리에서 사람 수대로 물 떠다 주는 거 싫다.
말싸움할 적에 말 한마디 지는 것 싫다.

이런 게 겸손이라면 얼마나 좋아.

싫은 거 안 하고 절대 지지 않는 욕심이 겸손이라면,
얼마나 좋아.

24.
아이고

차라리 살면서 계속 눈치 없이 사람 사는 이치나 도덕…. 뭐 이
런 거 몰랐다면 나 혼자는 참 편했을 텐데.
아이고~ 이젠 알아버렸네요. 사람들의 말을 들을 준비가 되니
까 겸손을 알아야 했고 도덕을 지킬 줄 알아야 했고, 배려라는
것도 생각하며 살아야 하네요. 그런데 내가 이런 것들을 마음
으로부터 생각하니 사람들을 먼저 생각하는 내가 되었더라고
요. 내가 나한테 맘에 든다는 것. 그건 사람들에게 웃음을 주는
것이더라고요. 그저 내 작은 배려에 사람들이 즐거워하고 고개
숙인 나의 겸손에 가슴 따뜻해 하는 사람들의 눈빛에서 나는
예전에는 느끼지 못했던 행복을 느끼고 있습니다.
가끔 욕심이 생길 때도 난 이 기쁨을 누린 것이 그리워 내 마음
한편으로 나의 욕심을 미뤄봅니다.

난, 뒷모습을 찍는 것을 참 좋아한다.

왜냐하면

눈을 보지 않아도 한 곳을 가고 있다는 것을 알 수 있으니까.

가끔은 확인하려고 하지 않아도 알게 되는 것이 있듯이 말이야.

누구나, 자연스러운 것을 좋아하나 봐.

난, 그걸 이제야 알았어.

25.
한 팀

고뮤정과
전요란은
결혼한 지금도 한곁을...♡

난 가끔 뭐든 표현을 해야 알 때가 있습니다. 이 욕구가 충족되지 않았을 때 상대방에게 생떼를 씁니다. 나를 사랑하거든, 나를 좋아하거든 표현을 하라고 말입니다.

내가 새롭게 안 사실은, 내 주위 사람들을 자세히 관찰해보니 내게 먼저 손을 내민다는 것이었습니다. 그래서 나도 한번 그렇게 했더니 난 두 배의 사랑을 받게 되는 거 있죠. 가만히, 아주 조용히 앉아서 사람들을 보다가 함께하는 모습을 보니까 우리는 모두 한곳을 가더라고요. 아무 말 하지 않아도 그저 느껴지는 마음만으로 우리는 한곳을 향해 가더라고요.

우리 옆집 오빠가 그런다. "남자들은 모두 늑대다. 믿지 마라."
우리 선생님도 말한다 "남자들은 모두 똑같다."
고바우 할아버지도 그랬다 "그늠이 그늠이여"

그런데 춘자 언니 남자친구는 뭔가 다른가 보다.
춘자 언니에게 이렇게 말했다고 한다.
"춘자야 오빠 믿지?"

헐크는 속더라도 믿어주랬는데….
"그늠이 그늠 맞나?"

26.
가짜약을 파는 약장수 아저씨를 믿는 믿음

믿는다는 건 참 좋은 건데 믿음을 갖는다는 건 정말 어려운 일이에요. 그런데 가만 보니 '사랑'이라는 것을 하면 뭐든 믿어 버리는 것 같아요. 저런 믿음은 약장수 아저씨한테 50만 원어치 약을 믿고 사는 것과 같다고 생각할래요. 왜냐면 대개 엄마들은 그러잖아요.
"으이구~ 내가 저놈하고 뭘 믿고 결혼했는지!"
믿음은 지속되는 거 아닌가? 갑자기 헷갈려요.

네모난 것은 모서리가 있다는 것

그 속에는 여백이 있고 내가 표현할 수 있는 것을 적을 수 있지.

좀 크다면 내가 그 속에 들어갈 수도 있겠지.

이젠 좀 나와 볼까 생각을 하고 있어.

그 각진 곳에서, 더러운 그 구석에서 나와 볼까 해.

그럴 참이야….

27.
구석에서
광장으로

누워서 눈을 감으면 아무것도 없는 아주 큰 광장에 제가 서 있는 느낌이 들어 깜짝 놀라 눈을 뜨죠. 아무리 손을 뻗어도 개미 한 마리 지나가지도 잡히지도 않는 쓸쓸함과 고독….

그래서 저는 구석을 좋아합니다. 모서리가 있는 구석 말입니다. 그 구석은 많은 생각을 하게 해주고 또 사람들과 전화 통화를 하는 장소이기도 합니다. 난 어딜 가든 구석이 있으면 침을 바릅니다. 그 장소는 내가 있을 곳이라고 '찜'하는 거죠.

그런데 어느 날 사람들이 저더러 이리 오라고 손짓을 합니다. 나를 빙 둘러싸고 앉더니 이곳이 구석이라고 말합니다. 구석에서 낙서를 안 하는 대신 구석진 곳이 되어준 사람들과 이야기를 나눕니다. 먼지만 있던 구석 대신 사람들의 냄새를 느낍니다. 이젠 네모난 구석에서 나와 볼 참입니다. 정말로요.

숱한 매질과 버림받는 고통을 여러 번.
걸레처럼 찢어진 가슴을 지금도 꼭 움켜쥐며,
욤케 숨이 붙어 있네.

처음으로 다듬어보는 친엄마의 손톱.
"조금 있으면 손톱이 아예 떨어져서 없어질지도 몰라⋯."
그런데 그러지.

"난, 네 아빠 사랑한다."

28.
용서

못 들었어?
이젠 손톱이 정말 떨어져 없어질 수도 있다고!

"사랑하지 않는데 어떻게 견디며 사느냐."

그런 것이 사랑이라면
난, 넌더리가 나⋯.
토 나온다고.

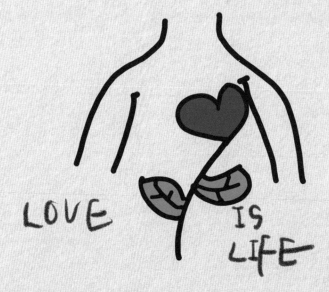

아빠와 함께했던 엄마의 세월 속엔 상처가 가득합니다. 엄마가 매우 아파 정신줄을 놓아버렸을 때 태어나 이렇게 죽도록 아빠를 원망해 본 적이 없었습니다.

엄마 옆에서 찬송가도 불러주고 엄마와 병원을 몇 바퀴씩 돌다가 무심코 엄마의 손톱을 봅니다. 세월의 무게가 고스란히 베어버린 손톱.

엄마의 손을 매만지며 엄마와 함께 기도합니다. 나가버린 엄마의 생각들이 행복으로 가득해져서 돌아오라고 말입니다.

'엄마…. 언젠가는 엄마가 아빠를 기다려준 만큼 아빠도 엄말 기다려 줄 거야.'

억지웃음 연신 날리며 뒤돌아 앞장서 걷다 울어버렸습니다.

"정아야 생라면 먹지 마라"
"음"
"그래 정아야 고맙다"

내가 안 먹는다고 하는데 대뜸 내게 고맙다고 말하는 헐크.
대체 왜?

처음으로 대화하는 방법에 대해 깊이 생각할 수 있었습니다.
나랑 대화하기 위해 '나'를 연구하고 생각했던 헐크와 지미.

29. 고마움의 표현 효과

대체 내가 뭐이기에 나를 위하는 일임에도 내게 고맙다고 말하지요? 내 눈높이에서 굳이 나처럼 행동하지 않아도 되는데.
하나님은 나에게 이렇게 말했습니다. 널 배우고 있다고요.
그러더니 내게 "정아야~ 열라 사랑한다." 합니다.
하나님을 사랑하는 사람은 하나님에게 배우나 봅니다. 배려와 사랑을요. 그래서 헐크와 지미는 하나님 자녀인가 봐요. 왜냐면 나한테 고맙다고 했으니깐.

콱 죽어버릴까 생각하다가도
아침이면 늘~ 나를 웃음으로 맞이하며
오늘도 승리를 외쳐주는 인간 때문에 제대로 죽지도 못하네.
젠당….

30.
들꽃
견하
3

아침에 눈을 뜨면 밥상이 내 앞에 있습니다. 대충 서서 아무거
나 주워 먹던 아침밥이 아니라 정성이 들어간 사랑의 밥상입니
다. 내가 밥을 뜨면 들꽃은 맛있는 무침을 올려줍니다. 애써 웃
는 건지 내가 좋아 웃는 건지 저 먹는 밥에 신경을 안 쓰고 내
가 무슨 반찬을 잘 먹나 살펴보는 것도 느껴집니다.
그리고 다음 날 아침 밥상에 어김없이 올라온 겉절이무침….
오늘도 꼭! 승리하자는 응원의 밥상입니다.

너무나 익숙한 것들 속에

새삼스레 어색하게 느껴지는 것들이 나타나곤 한다.

내 엄지 중에 왼쪽 엄지손톱은 발톱같이 생겼고

내 입술 왼쪽은 웃을 때 오른쪽보다 먼저 치켜 올라간다.

그리고 누군가는 나를 진심으로 조건 없이 사랑해 준다.

적응해야 하는데….

조건 없는 사랑은 여전히 어색하다.

31. 지미와 들꽃의 조건 없는 어머나

내가 느끼는 것. 누군가의 조건 없는 사랑을 느낀다는 것. 이것
은 내 삶에 있어 아주 획기적인 일이 되었습니다. 심지어 난 요
즘 깜짝 놀랄 때 "어머나"를 연발합니다. 선머슴 같은 내가 "어
머나"를 외치다니…. 내 주변 사람들은 이미 뒤로 넘어가 거품
을 물었습니다. 그러니까…. 사람은 누구를 만나느냐가 중요하
나 봅니다.

내 생일이다.

친엄마에게 어렵게 어렵게 전화를 했다.

"내가 지금 네 생일이나 챙길 때냐?"

지하철 안에 사람들이 많은데도 나는 눈물이 사정없이 난다.

그러면서 생각난 노래 하나.

"나를 지으신 주님 내 안에 계셔

처음부터 내 삶은 그의 손에 있었죠.

내 이름 아시죠. 내 모든 생각도

내 흐르는 눈물 그가 닦아 주셨죠."

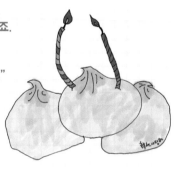

32.
내
생일은
특별
하니까

하나님은 나 김정아를 아십니다.

내가 몇 월 며칠에 태어났는지 아무도 모르지만, 하나님은 안 다고 했습니다. 이날은 특별한 날이기 때문에 학교에 안 가도 되는 날입니다. 그래서 이 특별한 날엔 하나님을 내 마음에 초대합니다. 내 눈물도 닦아 주시고 날 위한 축복송도 불러주십니다.

내 생일… 이날이 내 생일은 아니지만 지하철에 비치는 내 모습을 찬찬히 훑어볼 참입니다.

오늘은 특별 한 날이니까.

모든 일을 내가 하려고 하지 않아도 돼.
때로는 그냥 묵묵히 바라만 보고 있어도 괜찮아.
남이 나를 비웃고 조롱하고 힘들게 하더라도
어디선가는 나를 돕는 사람들이 꼭 생기잖아?

그건,
하나님이 계속 지켜보고 있다는 것이라고 했어.

꼭, 네가 하려고 하지 않아도 돼.

33.
가만히 있어 보려는 연습

나에게 가장 필요한 건 그냥 묵묵히 있는 거예요.
묵묵히 '기도'하는 거…. 이건 정말 어려운데….
욕 한마디 안 하고 가만히 있어 봤나요?
나 이제 이것도 해 보려고요.

얼음나라 잠깐공주

세상에 태어나 엄마 아빠란 존재가 얼마나 중요한 존재인지
처음으로 깊이 느끼며 알아가는 혼자의 시간을 가졌다.

엄마….
난 엄마라는 단어에 아픔만 있다.

너무 아파서 이름만 가슴에 묻고 살아.

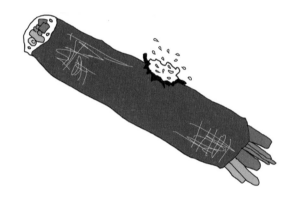

34.
보고 싶어

세상에 태어나 듣지 않아도 될 말들을 듣고 보지 않아도 될 것
들을 보고…. 엄마의 삶을 내다보다 주저앉아 울었지요.
엄마와 아빠. 이 두 분은 내게 부모로 존재하지 않는다고 느꼈
었는데…. 그래서 아프지 않았는데…. '사실'은 진리를 담고 진
실이란 추억으로 나를 후벼 파네요.
난 원하지 않았던 갑작스러운 변화….
내 가슴에 묻기에는 벅찬 상처들이 아파…. 너무 아파요.

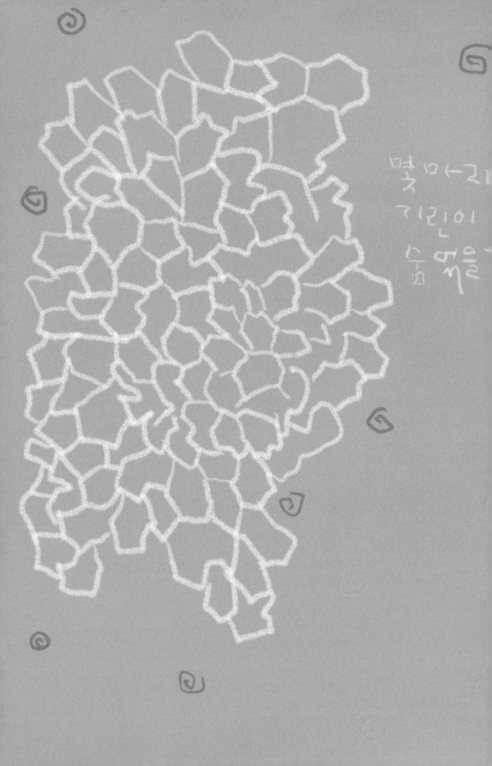

3장
날라리,
진짜 새 되어 날다

뻔히 아는 사실인데도
멀리서 보면 모를 때도 있고
사람들이 아니라고 하면
나의 믿음도 사라질 때가 있습니다

그럴 때 저는 제 눈에게 말합니다
"매번 보는 것처럼 안 봐도 돼
새롭게 보는 건 참 좋은 거야
그러니 부정적인 남의 말처럼
정말 네가 이상한 건 아니야, 안심해"

누구의 말처럼 남의 말은 저의 삶이 될 수 없습니다
뻔히 아는 사실도 달라질 수 있다는 거
우리 인정해 보도록 하죠!

어쩌면 우리는 외계인에게 외계인일 수도.

어쩌면 우리는 물고기에게 물고기일 수도.

어쩌면 나는 어린아이에게 철없어 뵐 수도.

어쩌면 오히려 미국 사람에게 하야 보일 수도.

어쩌면 자다가 유창히 영어를 하고,

오히려 곰 인형이 나더러 곰이라고 손가락질할 수도.

우린 모두 그럴 수도에서 살수도.

01.
꿈에

잠나가는

김씨 아버지는 약주를 많이 하십니다. 약주를 하시고 오는 날이면 엄마와 나는 겁에 질려 잠을 잘 이루지 못합니다.

어느 날 엄마와 방에 함께 누워있는데 문득 이런 생각을 해 보았습니다. 어쩜 아빠가 날 무서워하기 때문에 꼭 술을 드셔야 날 마주 할 수 있을 거라는 생각. 오히려 하고 싶은 말이 너무 많아 혼자 주절댄다는 생각. 아빠도 할머니가 보고 싶어서일 거라는 생각.

나는 생각으로 잠을 청해 꿈속에서야 아빠를 마주합니다. 꼭 꿈이라야만 되는 건가 슬프기도 했지만, 지금은 김씨아빠가 많이 늙으셨잖아요. 여전히 약주는 많이 하시지만 제가 전화로 "아빠 사랑해요."라는 말을 던지면 아빤 기분 좋게 "어~이 고맙다" 하십니다. 그러니까 아빠도 사랑받고 싶은 게 분명한 거예요. 내가 이 사실을 조금만 일찍 알았더라면 아빤 맨정신으로 제게 미안하다는 말을 했을 거예요. 아빠 괜찮아요. 이젠 제가 아빠를 지켜줄게요.^^

나의 말도 안 되는 행동에도, 나의 미숙한 거짓말에도
그저 따뜻한 밥상으로 묵묵히 내 옆에
사랑으로 나의 빈자리를 채워주는 들꽃.

술주정뱅이라 밤마다 주정해대도
눈물 훌쩍거리며 나의 머리부터 발끝까지 주무르며
마음 다해 기도하는 지미.

머리는 하나님을 생각하라고.
나의 가슴은 따뜻한 사람을 알아가라고.
나의 손은 많은 사람을 돕는 손이 되라고.
나의 발은 복음을 전하는 발이 되라고.

02.
꼭 복습이 필요한 것

밤마다 밤마다 지미의 기도로 나는 내 마음에
예수의 씨앗을 뿌린다.
날마다 날마다 등 뒤에서 기도하는 들꽃 때문에
나의 미래는 희망으로 가득찬다.

기도하는 마음은 변하지 않아

그래서 기도 맹부리3 !

태종대 망부석 ㅋㅋㅋ

나의 가슴은 따뜻하게 예수님의 심장을 가졌습니다. 그래서 그 심장을 안고 나처럼 아픈 사람들을 찾아다니는 복음의 발걸음을 내딛습니다.

나의 손은 제자들의 마음을 쓰다듬습니다. 들꽃이 내게 그러했듯이. 지미가 내게 그러했듯이 말입니다.

난 한결같은 것을 좋아합니다. 난 한결같아져야 합니다. 내게 어려운 일이 닥쳐도 난 한결같은 사람이 되어야 합니다. 그 사랑이 고마워서. 그 믿음이 날 일으켜서요. 빈자리가 있었던 내 가슴이 꽉 채워져서요.

저랑 같이 한결같아지는 것 복습할 사람 없나요?

내가 혼자 살 적에 지하철에서 주웠던, 겨우 중1 짜리 한 놈이
우리 집 문을 텅텅 두들기더니 친구들을 열 명씩이나 데려와서는
밥을 주란다.
나도 밥 없어 이리저리 얻어온 동전 몇 개로 라면을 끓여주고
집 나오면 개고생이라고 나도 어색한 그저 옳은 말들로
그들을 설득한다.

고린내가 진동하는 운동화를 빨아주고 내 양말 기꺼이 내어주고
운동화가 완전히 말랐을 이틀 후
아이들은 집에 들어가겠다고 한다.

구멍 난 신발이 가여워 내 신을 신기고
돌아가는 그네들의 뒷모습.

네 엄마 아빠들이 네가 싫어서 널 혼자 두고 도망갔겠느냐고 하며
내 마음을 쓸어내린다.

이 친구들이 밤새 나에게 털어놓은 자기의 아픈 나날들이
내게 왜 비수가 되었을까를 아직도 생각한다.
그러면서 난 또 억장이 무너지게 전화기를 붙들고 눈물을 쏟아낸다.

"너도 매우 아팠겠구나. 난 안다. 난 알아."

우리 집을 나서던 그 녀석들은 배가 고프면 늘 내게 왔고
지하철에서 주웠던 것처럼
아이들은 늘 그 자리에서 춤을 추어댔다.

5년이란 세월이 흘렀을 때
누군가 내게 뛰어와 악수를 청한 놈이 있었으니
그 떼거지들의 일부였던 놈이 슈퍼에서 알바 자리를 구했다며
감사하다고 멋쩍게 인사를 한다.

난 아이의 손을 잡고 웃으며 자연스럽게 그 녀석의 신발을 본다.
"얘야 다른 아이들도 너처럼 이런 신발을 신고 사니?"
묻고 싶었지만,
너무 훌쩍 커버린 청년에게 어색하고 반가운 얼굴 디밀고
나는 뒤돌아섰다.

나름조단

나팔꽃이 핀다. 피어나고 있다.
그 순간을 잊고 싶지 않아서 5살 나는 눈을 고정하며
머릿속으로 그 장면을 찍었다.
나팔꽃이 핀다.
화가 난 아저씨의 밥상머리 옆에서
나팔꽃은 환하게 피고 있다.

04.
말해줄걸

난 어려서 아주 예뻤대요. 길가에 집이 있는 어떤 아줌마가 절 자기 집으로 데려가 씻기고 밥을 주시고 예뻐해 주시고 그랬지요. 그래서 전 그분을 '행길엄마'라고 불렀는데 행길엄마의 아저씬 아빠라고 부르지 않았어요. 왜냐하면 아저씨는 무뚝뚝하고 무서웠거든요.

그 아저씨는 밥도 늘 혼자 먹었어요. 근데 그 옆에 담장에서 쉬고 있던 나팔꽃이 활짝 피는 거예요. 그래서 생각했지요.

'아저씨! 옆에를 좀 봐요! 나팔꽃이 피고 있잖아요.'

나팔꽃을 보면 아저씨는 이제 혼자 밥을 먹지 않는다는 것을 알겠지요. 그리고 한 번쯤은 웃었을지도 몰라요. 지금 생각해 보면 '용기를 내서 말할 걸'이란 생각이 들기도 해요.

음악이 한가득 울려 퍼지고 있을 때 문득 이런 생각을 했다.

저 노래를 만지고 싶다는 생각.
눈으로 보았으면 좋겠다는 생각.

아이 눈에서 비친 간절한 소망.
저 노래를 만져보고 싶다는 말.

05.
음악이
너무
좋아서

노래가 너무나도 좋습니다. 잘하지는 못하지만 그래도 난 노래가 너무나 좋습니다. 내가 제자들을 가르칠 때 난해한 설명에 제자가 갸우뚱한다면 나는 노래를 꺼내서 보여주고 싶습니다. 바로 이런 느낌이라고 말입니다.
이제부터는 귀를 훈련해야겠습니다. 귀를 실컷 움직이면서 노래를 느껴 볼 겁니다.

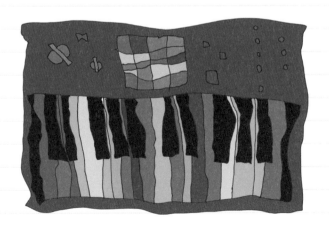

사람들은 얼마나 알고 있을까요.
자기가 사랑받고 있다는 사실을요.
그것이 기적이라는 것도 말이에요.

감사합니다. 소울싱어즈.
사랑합니다. 나의 사랑하는 제자들이여.

사랑하는 것은 희생하는 것이라고 합니다. 그 희생은 감사한 희생이고 자발적인 희생이라고 그러더라고요.

배고플 때 전화해서 밥 맡겨놓은 양 밥 내놓으라고 말하는 것. 짜증을 부려도 쟤가 무슨 일이 있겠거니 조용히 옆에 있어 주는 것. 싸우더라도 좋았던 추억들을 생각하며 허물까지도 껴안아 줄 수 있는 것. 아플 때 밤새 옆에 있어 줄 수 있는 것.

내게 이런 사랑이 있냐고요?

암요 있고말고요. 내가 줄 수 있는 많은 에너지도 가지고 있고요. 함께 눈빛을 교환하며 기쁨의 눈물을 흘릴 수 있는 많은 사람이 있지요. 저는 아주 큰 부자랍니다.

참! 내가 아프다는 말을 들으면 한걸음에 나에게 달려와 줄 수 있는 사람들이 있다고 얘기했었나요?

아이야!

넌 뭐든지 잘 해낼 수 있는 사람이야.

환경은 그저 우리 앞에 놓인 그림일 뿐이지.

우리는 정말 멋진 그림을 그려나갈 거야.

우리가 그려나갈 그림이 까탈스럽게도

세밀하게, 너무 세밀하게 그려야 할 그림이라도.

그러므로

사람들은 어렵게 그려진 우리의 그림을 보고

아마 이렇게 말할 거야.

'명작'이라고 말이야.

07. 하나님의 제안

준비됐니?

난 준비됐다.

너와 함께 할 '명작'을 그릴 준비 말이야.

준비라는 것은 한 번뿐이야.

그리고 준비~땅 이 외쳐지면

그때부터는 땀을 흘리는 것이란다.

여태껏 아파하며 흘렸던 '식은땀' 이였다면

이제부터는 힘들어서 흘리는 땀일지라도

행복에 겨워 승리를 굳게 믿는

'붉은 땀'을 흘리자꾸나!!!

세상엔 온통 소리 🎵

'성실'이란 단어의 다른 의미에 대해.

'성실'이란 단어를 거꾸로 하면 '실성'이고
'성실'이란 단어에 작대기 하나를 바꾸면 '상실'이 된다.

사람이 '상실'하게 되면 '성실'할 수 없고
'상실'이 깊어지면 '실성'하게 된다.

좋은 단어에도 어떻게 보고 쓰느냐에 따라
사람은 달라지고 세상은 변한다.

08.
성실에
대해

내가 만난 언니 중에 '성실'이라는 언니가 있었습니다. 그 언닌 뭐든 성실하게 하는 언니였고 함께하는 저에게도 참 성실하게 한결같이 잘해주었죠. 늘 실성한 사람처럼 구는 저에게 성실언닌 또 다른 신뢰를 심어준 사람이었습니다.

이러이러해서 도와주지 않았답니다. 그럴 거라서 도와준 것도 아니랍니다. 그냥 절 묵묵히 사랑한는 것이었지요. 언젠가 왜 그렇게 도와주냐는 말에 언닌 이렇게 말했지요.

"난 이게 기뻐. 난 꼬까 사랑해."

나의 삶에 작은 일부였지만, 그래서 내가 변했고 작은 공동체가 변했고, 나의 제자들이 변하고, 세상이 움직이겠지요. 성실언니 보고 싶습니다.

두 아이 다큐멘터리를 본다.

어떤 아기가 태어날 때부터 이유 모를 병에 걸렸는데
그 병은, 피부 세포에 문제가 생겼는지 아이를 만져도 때려도
아이는 아무런 반응이 없다는 것이다.
심지어는 배고픔조차도 못 느낀다는 것이다.
그래서 아이는 스트레스를 받게 되면 혀를 마구 깨물어
피가 나도 옆에 엄마가 없으면 아픔을 모르니
계속 질겅질겅 씹고 있다는 것이다.
그리고 뾰족한 것으로 자기 몸을 찔러 대서 피가 나고
눈을 찔러 눈이 한쪽이 실명해 안 보여도
아이는 아무 반응이 없이 계속 자기 몸에 상처를 낸다.

09.
그래서
모두
힘을
내야
해요

지금 또 한 명의 아이가 나온다.
이 아이는 태어나면서부터 희귀병에 걸렸는데
피부가 너무 예민해서 앉혀만 놔도 엉덩이가 짓무르고 벗겨져서
화상 입은 것처럼 된다고 한다.
너무 아파하고 피가 나서 아이 엄마는 뜬눈으로
몇 날을 지새웠다고 한다.
아기가 너무 안쓰러워 힘껏 껴안아 주고 싶어도
살갗이 벗겨질까 봐 안아보지도 못하고….
이제는 손가락도 거의 없다.
아이는 15살.
아이는 가족들과 친구들 사이에서 스스로 자신을 고립시킨 채
엉덩이가 곪아 썩어 가는데도 말을 하지 않는다.

세상은.

아픔만 보이는 듯하지만

온통 눈물만 보인다고 했지만

내가 아팠던 사실도 감사하게 되었고

사람들과 껴안으며 심장 소릴 느낄 수 있어 감사했다.

난 누군가를 껴안았을 때

적어도 상처는 나지 않았잖아.

힘내 유빈아.

Sook Sook~!

그거알어?
사실 나는
영력이 있다구 !!

무언가가 되고 싶다는 것.
그것을 품고 살아간다는 것.
그리고 목적이 사라질 수 있다는 것.

누군가를 사랑할 수 있다는 것.
그리고 그 사랑을 잃을 수도 있다는 두려움.

내가 바라던 것들을
반쯤은 손에 쥐었다고 생각했을 때
다시 도전해 오는 세상아!

10.
사랑은
열정

이제는 뭔들 못하겠냐고
내게는 꿈을 이뤄갈 때 즈음이면
다시 생기는 꿈이 있는걸
어떤 수로 막겠느냔 말이다.

사랑이 두려워질 때 즈음
또다시 사랑의 열정이 솟구치는걸
어쩌란 말이냐.

덤벼라! 세상아!

포기할 것 같은 내 인생의 고비들이 한없이 날 흔들 때도 난, 죽지 않았습니다. 갈 곳이 없어 술기운에 트럭 밑에서 잠을 청할 때도 난, 죽지 않았습니다. 가족들 때문에 내 등에 수없이 많은 책임감을 업었어도 난, 죽지 않았습니다. 정말 믿었던 사람들의 배신 속에서도 난 꿋꿋이 살았습니다. 삶이 힘에 겨워 넘어져 허우적댈지라도 난 일어나야만 했습니다. 왜냐하면 내 안에 흐르고 있는 뜨거운 열정이 마구 솟구치니까요.

나의 가슴이 내게 말해줬어요. 나의 열정을 사랑으로 안으라고 말입니다. '사랑'이 무엇인지 나는 뜨거운 열정으로 알아가고 있습니다.

우린 아주 평범한 삶을 살 권리가 있고
행복하게 살 수 있는 가치가 있다.

누구나 그럴 수 있다는 것을 꼭 알아야 한다.

그러나 그 평범하고 기본이 되는 삶을
누리지 못하고 살아가는 사람들이 너무나 많다는 것을
가슴 깊이 깨닫는 시점이 올 때면
지금 내게 주어진 삶은 분에 넘치는 축복이라고 생각한다.

11.
사랑은
열정
2

오늘 거울에 비친 내 모습은
욕심이 덕지덕지 붙은 심술쟁이 모습.

TV 속에 영철이 어무니 얼굴을 쓰다듬으며
미안하다고 실컷 울었다.

"미안해요. 미안해요. 내가 욕심을 부려 미안해요."

내 삶은 내 것이 아니지요.
내 삶이 당신보다 좋은 것은, 나눠주라고 있는 것이지요….
내 몸도 내 것이 아니지요.
더 부지런히 일해서 당신들과 행복을 함께 누리라고 등도 곧게
펴있고 두 다리와 두 팔이 있지요.

그 기적을 함께 누리고 싶어서 어렵게 느껴지는 이 하루를
당신과 시작합니다.

"어두운 데서 빛이 비취리라 하시던
그 하나님께서 예수 그리스도의 얼굴에 있는
하나님의 영광을 아는 빛을
우리 마음에 비추셨느니라 (고후 4:6)"

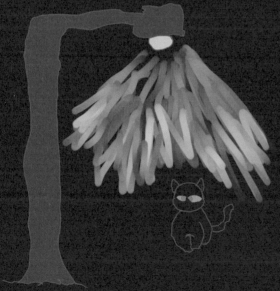

우리집앞 길냥이...
아무리 검정이여도
내눈엔 다보여~
딱걸렸어 너~

참 많은 것들을 배우고
아파하며 흘린 눈물로 빨랫감 수도 없이 만들어 두통약을 먹었어도

난 이제야 알지
지금이 오려고 그랬다는 것 말이야.

난 지금 최고의 것들을 누리지.
예수님의 일하심으로
과거가 모두 보상받았다는 거지.
행복이라는 거
아파보면 느끼는 거지.

12.
이김

시한부 인생을 사는 아내를 옆에서 지켜보고 있는 남자가 사랑
을 알아가는 과정을 그린 영화를 본 적이 있습니다. 둘이서 마
지막 여행을 떠났을 때 여자는 남편에게 이런 말을 합니다. "불
행하다고 느끼는 것은 행복했던 순간이 있기 때문"이라고.

난 사람이 얼마나 소중한지 알게 되었습니다. 그리고 함께한다
는 것에 대해 감사할 줄도 압니다. 내 부모가 원망스러울 때도
난 부모님을 마음 깊이 존경합니다. 남들은 제게 모진 역경을
이겨내고 살아와서 참 장하다고 말들을 하는데, 난 그래서 더
행복과 감사를 알게 되어 다행이라고 생각합니다.

내 나이 서른이 넘어서는 더욱 그렇죠. 이제는 잘 할 수 있습
니다. 내가 가려던 길의 지름길을 가르쳐 준다 해도 난 내 삶
을 사랑하기에 거절할 수 있고, 나의 꿈과 소망이 바로 이루어
지게 해준다 해도 난 싫습니다. 내 길을 신뢰하고 그 길을 가며
기뻐하는 이유는 예수님과 함께하기 때문이기에, 난 힘들더라
도 그분의 손을 놓지 않을 겁니다.

많은 것들이 더 많이 변해 가고 있어.
그래서 물었어.
많이도 변했다고.

그랬더니 내게 말해.

"네가 변한 거잖아."

난, 기분이 좋아서 더 변할 거라고 다짐을 하지.
세월은 계속 흐르고 난 정지해 있지 않았어.

나의 이해가 자랐고
나의 사랑이 커갔고
나의 믿음이 꽉 차 있는 거 있지.

내 마음, 이젠 실컷 들켜도 좋아.

13. 변심

사람들은 말했어요. 정아는 절대 바뀌지 않을 거라고요. 그래서 저도 그랬어요, 날 변화시킬 수 있는 건 아무것도 없다고요. 한 해, 두 해가 지나고 사람들이 저에게 너무 다르게 행동하는 것을 느꼈어요. '그래 내가 소울싱어즈를 하고 있으니 잘 보이려고 하는 걸 거야.' 생각했습니다. 너무 우습게 저는 제가 어떤 높은 자리에 우뚝 서 있다고 느꼈었나 봐요.

어느 날 들꽃에게 물었어요. 왜 내게 대하는 행동과 말투가 달
라졌냐고요. 그랬더니 오히려 들꽃은 이렇게 말합니다.
"네가 달라진 거야. 잘 봐봐. 꼬까야 네가 달라진 거야"
하나님이란 분이 이해할 수 없는 상황에서도 날 놓지 않으셨나
봅니다. 매 순간 느껴지는 하나님의 따뜻함. 그것으로부터 저
는 아주 자유롭게도 많은 부분이 자라고 있었나 봐요.
누구 한 번만 더 말해봐! 내가 절대 바뀌지 않을 거라는 말 말
이에요.^^

마음에 다짐했지.
꿋꿋이 이겨서 엄말 잘 떠나보내겠다고.

근데 날 위해 기도하며 울던 엄마의 깜마른 사진 한 장 본 순간
많은 사람의 도움이 필요했어.

엄마의 축복을 받으며 노래하고 싶어졌거든.
포기하고 싶지 않았다고.

14.
엄마!

엄마의 힘든 삶을 보상받는 건 하나님 곁으로 가는 게 아니야.
엄마의 심장이 뛰질 않잖아.

다시 난 힘을 낼 거야.
많은 사람이 기도하고 있으니까 말이야.

엄마 우리 조금만 힘내자.

새벽녘에 친아빠에게 온 전화 한 통, 엄마가 죽어간다는 소리. 매번 내 맘속으로 되뇌어 봤던 말들이 있었어요. '엄만 이렇게 사느니 차라리 하나님 곁으로 빨리 가는 게 좋을 거야.' 냉정하게 아주 냉정하게 현실을 보며 생각했었는데 아무런 예고도 없이 엄마의 죽음을 보아야 한다는 것이 매우 괴로웠습니다. 세상에 태어나 수없이 많은 눈물을 흘려봤지만, 이때만큼 단시간에 절규한 적은 없는 것 같습니다.

그때 거울에 붙여둔 엄마의 사진 한 장이 눈에 들어왔습니다. 병원 진료 때문에 한 달간 지하실 내 방에 계셨던 엄마. 들꽃이 노래를 하러 나간 나를 위해 어머니께서 정아를 위해 기도해 주시라고 부탁을 드렸나 봐요. 깡마른 몸을 오그리고 슬피 우시며 내 기도를 했대요. 그 사진을 찍어 핸드폰으로 전송됐었는데 얼마나 울었는지 몰라요. 그렇게 엄마의 기도로 살고 싶다고 기도했었는데 엄만 이제 절 위해 아무것도 할 수 없는 사람이 되어 오히려 절 위해 기도를 해주고 계시잖아요.

다시 한번 엄마와 내가 하나가 되어보고 싶었습니다. 그래서 기도했습니다. 엄마가 얼마나 힘들었는지 지금 고통이 말할 수 없이 괴롭게 아프더라도 난 엄마와 다시 기도 하고 싶다고 하나님께 기도했습니다. 주변엔 준비하라고 마음을 단단히 먹으라고 말했지만 난 매달리고 싶었습니다. 아직은 엄말 용서하겠다는 말도 하지 못했는데…. 주님 아직은 아니라고 말입니다.

이렇게 많이 울어본 적이 없어.
혼자가 되어 엄말 수없이 원망할 때도.

밤이 무서워 이불을 뒤집어쓰고 탈진 때까지 울었어도

난 지금이 제일 아파.

지금이 가장 슬퍼.

15.
엄마!
2

엄마가 용서해 달라는 말에 난 아직 대답을 못 했거든.
엄마가 이대로 가면 어떡하나 너무 괴로워.

"하나님, 엄마가 다시 눈을 뜬다면
저는 엄마를 사랑한다고 말할 건데요,
용서한다고 말할 건데요."

엄마, 제발 날 보란 말이야.

많은 사람이 우리 엄마를 위해 기도했습니다.

심장 수술을 잘 마치고 경과를 보고 있는 중환자실. 우리 엄만 아직도 의식이 없습니다. 그리고 심장을 뛰게 하는 일도 호흡도 스스로 할 수 있는 것이 아무것도 없습니다. 난 의식이 없는 엄마의 손과 발을 주무르며 생각합니다. '엄마 발이 참 딱딱 하구나. 엄마의 손이 이렇게 차갑구나.'

하루에 두 번 엄마를 만나러 가는 그 시간, 수많은 보호자를 보며 짧은 시간이지만 희로애락을 봅니다. 누군가를 위해 간절히 기도하는 다급한 얼굴들도 봅니다.

우리 엄마의 눈은 절 볼 것입니다. 왜냐하면 하나님은 제 기도를 저버리지 않으실테니까요.

달님은 영창에 갔다.
왜냐면 내가 밤을 무서워하니까 엄마가 달님을 영창에 보냈지.
내가 잘 때 엄마가 불러주는 자장가를 듣고 알았어.
조금만 기다리면 나에게도 빛이 되어줄 누군가가 올 거라는 거.
그러면 엄마하고 나는 안전해질 거야.
그때 달님은 영창에 없겠지….

16. 엄마! 3

초등학교 시절 엄마가 늦은 밤일을 가시면 저는 집 앞에서 새벽 3시까지 꼬박 엄마를 기다렸습니다. 그땐 밤이 되는 것이 얼마나 싫던지요. 엄마가 일하는 것을 대신해 줄 사람이 없다는 것이 서러웠습니다.

지금 엄만 제 옆에 있습니다. 아무 일도 못 하는 노인이 되어 제 옆에 있습니다. 그래서 저는 아주 좋습니다.

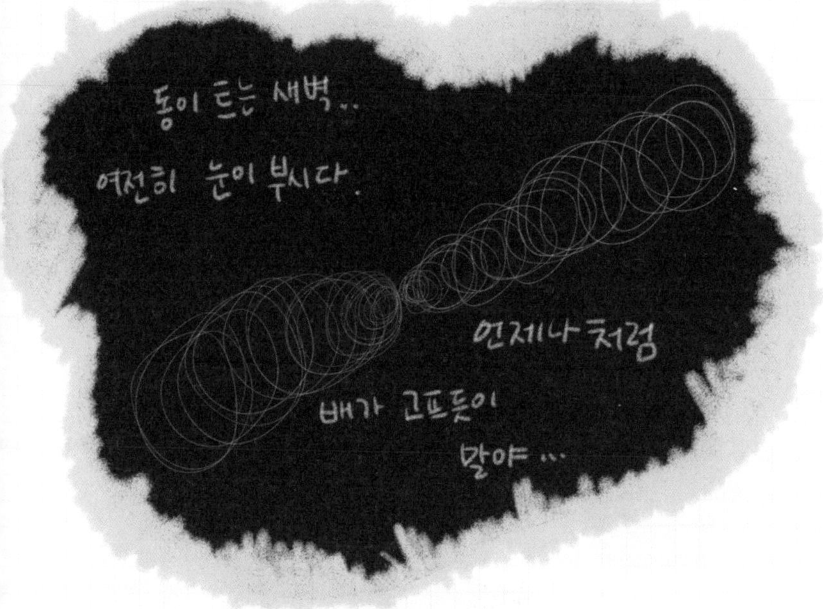

동이 트는 새벽..
여전히 눈이 부시다.

언제나 처럼
배가 고프듯이
말야 …

127

하나님은 빛 가운데 계시잖아요.

그러니까 졸지도 주무시지도 않지요.

그것도 몰랐나요?

17.
사과
한
상자

그 안에 생명이 있었으니
이 생명은 사람들의 빛이라. (요 1:4)

엄마의 의식이 살아났습니다. 아직 자가 호흡은 없지만 심장은
스스로 뛰고 있습니다. 그 작은 변화에 간호사 선생님들께 얼
마나 넙죽넙죽 인사를 드렸는지요.

엄마는 목에 호수를 달고 계셔서 말은 못 하지만 절 보며 눈물
을 계속 흘립니다. 그리고 뭔가를 말씀하시려고 하는데 답답하
신지 계속 움직이시려고 합니다. 그 모습을 보니 눈물이 쏟아
져 한동안 엄마 곁을 떠나 있었습니다.

엄마가 내 손바닥에 쓴 두 글자. '사과' 그리고 손가락 하나를
폅니다. 목이 너무 말라 사과 한 조각만 먹자고요. 내가 지금
너무 배가 고프다고요. 엄마의 표현이었습니다.

그 후로 저는 간호사 선생님을 들들 볶았습니다. 우리 엄마 언
제쯤이면 사과를 먹을 수 있느냐고요. 엄마가 살아난 거잖아
요. 뭐가 먹고 싶다는 건 살아났다는 거 아니에요? 난 이미 사
과를 한 상자 사가지고 와 엄마 맞을 준비를 합니다.

고린도전서 13장의 사랑.

나는 오늘 오래 참는 사람을 할 것이고,

들꽃은 온유한 사람을 할 거다.

나도 내일은 온유한 사랑을 해 볼 참이다.

18.
끝까지
내 편,
들꽃
견하

사랑은 생각했던 것보다 아름답지 않고 예쁘지 않아요. 사랑하는 애틋한 감정이 오래도록 남아있기 위해 수만 번 서로 찔리고 아파해야 나중에 회상할 때 그게 정말 아름다웠다고 얘기할 수 있는 것이더라구요. 그렇게 고생하면서 또 사랑을 선택하고 그 선택으로 살아가는 우리네 사람들은 사랑에 대해 끊임없는 연습을 해야 해요.

사람을 위한 희생과 노력, 그리고 배려하고 존중하는 행동들. 그런데도 사랑을 선택하는 많은 사람들을 보면 우린 역시 집단 생활을 할 수밖에 없는 인간이라는 거죠. 혼자서는 외로워 살 수 없는 사람들 말이에요.

거기다가 욕구하나 덧붙이면 든든한 내 편 하나 생기게 하는 거겠죠? 그게 사랑이라는 거구요.

내가 떠 있던 바다에는 나무가 자랐지.

물이 빠지면 뿌리가 여실히 드러나는 바다에 뿌리내린 나무들.

내가 서 있던 섬에는 바위를 뚫고 꽃과 나무가 자랐지.

비 내리고 파도치면 자신의 존재를 잘 알리는 바위들.

난 배 위에서 물고기를 보았지.

물 위로 걸어 다니는 물고기를 말이야.

물속이 아닌데도 동물인 양 뛰어다니는 물고기.

환경이 변하고 세월이 지나면서

자기들도 자기 나름대로 꿈들을 가진 거지.

이곳에서 난 아름답게 자라겠노라고 말이야.

하물며 난 사람 아니냐.

사람.

하나님이 최고라고 말해 준 사람 말이야.

꿈을 가져도 이룰 수 있는 희망이 있는 사람.

오늘 있다가 내일 아궁이에 던져지는 들풀도 하나님이 이렇게
입히시거든 하물며 너희일까 보냐. (마6:30)

가끔은 말이야.
한 사람의 기도가 여간 힘이 될 때가 있어.

장구리 언니가 나에게 그럴 때가 있지.
자~! 먹고 싶은 게 있다면 뭐든 말해.

그게 계피 빵이 됐건. 개피 빵이 됐건
언니만 행복하자면야.

이 강물이 흐르는 곳마다 번성하는 모든 생물이 살고 또 고기가 심히 많으리니, 이 물이 흘러 들어가므로 바닷물이 소생함을 얻겠고 이 강이 이르는 각 처의 모든 것이 살 것이며 (에스겔 41:9)

함께 한다는 것은,
이겨 나오지 못할 것 같은 폭풍에서 혼자 노를 젓고 있을 때
함께 노를 저어 준다는 거지.

비바람도 거세고 내 키보다 높은 파도가 머리를 내리쳐도
함께 돛을 잡고 힘차게 노를 저어 주는 거지.

추억이란 이런 거야.

21.
함께

함께해 준 사람과 뭐든 할 수 있다는 믿음에서 시작하고
그 즐거움에 호탕하게 웃는 거지.

사람들은 누구나 나와 친한 사람이 어려움에 부닥쳤을 때 든든
히 지켜주고 싶은 마음이 있을 겁니다.
"힘들면 얘기해" 이 얘기는 참 많이 들었습니다. 나이가 들고
사회가 어려워지다 보니 힘들면 얘기하라는 말이 "돈 필요하면
얘기해"로 들립니다.
제가 세상에 물든 건가요? 아니면 제가 정말 나이가 든 걸까
요? 사람들이 힘들어할 때 뭐라고 하는 것이 정석인가요?

나는 팔을 크게 벌리고 나를 '꼬옥' 안았다.
그리고 말했다.

"점아야~ 괜찮아. 너는 정말 괜찮아. 훌륭한 작품!
사랑스러운 점아."

나에 대한 미안함에, 나에 대한 안도감에, 혼자 울었다.

22.
사랑 받고 있어

이층엄마의 품은 세상에서 가장 포근합니다. 이층아빠의 무릎은 저에게 제일 행복한 의자입니다. 이층엄마한테 혼이 나면 이층아빤 날 꼭 끌어안고 괜찮아 괜찮아 이러십니다. 이층아빠가 퇴근해서 돌아오시면 나랑 공기놀이도 하고 내 딱지도 접어 주십니다.
이층아빠가 말하듯이. 이층엄마가 나를 꼭 안았듯이. 나는 내 두 팔로 나를 꼭 안아줍니다.
아빠가 얘기해 주셨죠. 난… 괜찮다고. 난 충분히 사랑스럽다고. 이번엔 하늘에 계신 하나님 아빠가 말해 줬어요.

사존감
이란...

내가
느끼는
나의
존재감...

내 이름은 〈김정아〉입니다.
화가 났는데도 묵묵히 있거나
손톱을 물어뜯지 않는 날 볼 때도
이제는 나, 〈김정아〉인 줄 아셔야 합니다.

식사 후에 콜라를 먹지 않아도
방구석에 콕 박혀 책 읽는 절 본대도
그것도 나, 〈김정아〉랍니다.

23.
김정아

내 이름은 〈김정아〉입니다.
그 누구도 아닌 〈김정아〉 말입니다.

내 이름 석 자에 다른 의미는 없습니다.
나, 〈김정아〉로 남고 싶을 만큼
내가 있을 곳을 알게 해준 당신이 있어
내가 〈김정아〉 답습니다.

어려서부터 온 동네에 분필 하나 들고 '김정아는 천재'를 써댔습니다. 왜 그랬는지는 기억이 잘 나지 않지만 똑똑한 사람이 되고 싶었던 것 같습니다.
사춘기 시절, 사고치고 다니는 제게 "무슨 일 있니? 정아가 왜 이런 일을 했을까?"라고 물어주는 사람 하나 있었으면 좋겠다고 생각한 적이 있습니다.

끝나가는

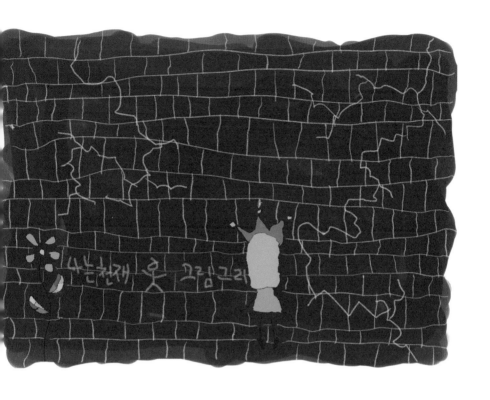

한번은 우리 동네에 있는 모든 학원이 '김정아'는 동명이인도 받아주지 않을 만큼 전 말썽을 잘 피웠습니다. 그런데 모두 절 때리기만 하고 무서운 말투로 혼내기만 하더라고요.

내게 따뜻하게 "정아야~ 왜 그러니?"라고 물어준다면 난 원래 소심하고 겁 많은 〈김정아〉로 돌아올 텐데 말이죠. 난 원래 조용하고 과묵한 사람이라고요. 물론 안 믿어지겠지만요.

나의 아픈 육체와

나의 올바르지 못한 지식과

아무리 펴도 펴지지 않던 내 미간의 주름

아쉬워 떠나지 못하던 그 깊은 한숨

터져 나온 삶의 진리로 이젠 물이 들었습니다.

24.
물들다

나는 세상에서 억울한 게 젤로 싫은데
들꽃도 그것이 젤로 싫단다.

"하나님이 나한테 사랑을 이~만큼 부어 주시는데
내 마음이 작아서 그것을 못 받는다면
그건 너무 억울한 일이에요"

난 별로 억울하지 않은데요, 이제부터 억울해야겠어요.

25.
결심

이것 봐.

나는…. 변하고 안 변하고 그런 걸 중요하게 생각하지 않아.

인격적인 하나님을 만난 것 자체가 나는 아주 충격이라고.

26.
와
진짜??

길을 지나다 돌부리에 걸려 넘어지면 오늘 하루를 찬찬히 더듬어 봅니다. 내가 누군가를 괴롭혔던 생각이 나고 곧바로 돌부리에 걸린 그 사건을 벌받은 것이라고 단정 짓습니다.

지갑을 잃어버렸습니다. 순간 어제 헌금할 돈으로 인형 뽑기를 한 일이 생각납니다. 난 벌받는 것입니다. 뭐든 벌 받는 그 상황엔 하나님과의 친밀함은 사라집니다.

어느 날 성경책을 보다가, 예수전도단 간사님들의 웃음을 보다가 갑자기 깨달아졌습니다. 하나님은 결코 아플 만큼 정죄하지 않는 분이시라는 것을요.

들꽃 간사님이 그랬습니다. "이 세상에 정죄하실 수 있는 분은 오직 하나님뿐인데 그분이 정죄하실 수 있는 권한을 포기하셨다"구요. 그리고 내가 세상에서 혹독한 시험들을 치를 때 내 곁에 든든히 서 계시며 시험을 치르는 나에게 "거봐. 네가 모르는 문제는 하나도 없어. 네가 벌써 이렇게 성장한 거야."라고 응원해 주시는 분이라는 것을요.

소야~ 나는 너를 밀어 줄수가 없어

그래도 너는 여전히 씩씩
하구나

불편하지만 아픈지
않아서 괜찮아 나는~

나비랑 새들이랑 눈들이

우리를 계속 쳐다봐 주잖아

이사랑도 참좋다

이사랑이가 나는 참좋다 좋아~♡

143

엄마: 애는 비를 맞고 있는데 왜 표정이 좋아?

아가: 기분이가 좋아서 그래~

엄마: 그러니까 왜 기분이가 좋은거야?

아가: 아~ 그거는 뭐냐하면!
어떤 남자님이 여자님한테 이렇게 말을 했어.

"나는 어떤일이 있어도 너의 우산이 되어줄게"

이랬거든! 그러니까 여자님이가 이렇게 말을 했어~

27.
같이하자

"나는 니가 나의 우산이 되어주는것도 좋은데
비가오면 나랑 함께 비를 맞는게 더 좋아!"

그래서 이렇게 하고 있는거야~ 기분이가 좋아서~

그런데 엄마, 저 그림~ 웃고 있는 저거~
남자 아니고 여자거든~!
쟤한테 삔 꽂아줄걸 그랬나?

비가오면은 항상
너와함께
비를맞고싶어
나는 ∿B

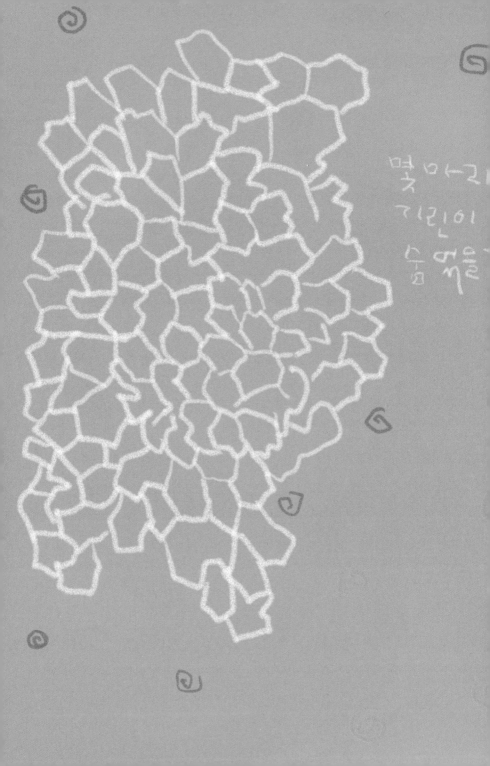

4장

날라리,
바람을 타다

겨울.
발이 너무 시려서 털 양말을 신었다.
그런데도 발이 시리다.

그런데 오늘 네가, 발 시리다는 내 말을 들었는지
반나절 뜨개질을 해서 내게 수면 양말을 준다.

오늘 너는 나 대신 나의 발이 되어주었던 날이야.
그래서 오늘부터 나는 따뜻한 잠을 자겠어!

01.
선화의
뜨개질

너에게 주는
커피 한잔, 감사해 ♥

나는 남이 하는 말들을 잘 기억합니다. 그래서 그런지 남에게
뭔가가 필요할 때 때맞춰 잘 공급해 주는 편입니다. 선물이라
고 말하면 좋겠어요. 저의 사랑의 언어는 '선물'이니까요. 그러
고 보면 난 사랑하는 사람이 참 많은가 봅니다.

내가 아는 '찜'씨 언니는 봉사 정신이 투철한 사람이다.
게다가 사람들에게 좋은 말들을 많이 해준다.
정말 많이 해준다.
아주 많이 해준다.
그 언니랑 있자면 점점 무슨 소리를 하는지 모르겠다.

"언니 미안해. 나는 지금 언니 말보다 언니 '이'에 낀 고춧가루가
집중이 더 잘 되거든. 미안해서 어쩌지?"

ㅋㅋㅋ
잡아먹을테다~

02.
표현

아무리 좋은 말이라도 세 번 네 번 계속되면 듣기가 싫어요. 자기 주장을 강요하는 것 같거든요. 그래서 잔소리가 되나 봐요. 특히나 이렇게 웃으면서 혼자만 생각하는 얘기를 계속하면 아주 괴로워집니다. 듣기 싫어 죽겠는데 듣고 있다고 뻥쳐야 하니까요. 들어주는 척 약간의 미소나 때에 따라 미간의 주름을 잡으려면 아주 피곤합니다. 어우어우~ 이제는 언니가 좋아하는 먹을 걸 줘야겠어요. 먹을 걸 먹는 동안에는 말을 잘 못하겠지요. 만약에. 그래도 말을 계속한다면 용기 내서 말할 거예요. "아~ 나는 먹으면서 말하는 거 진짜 싫더라" 구요.
당신도 한번 해 봅시다 우리! 크크크~

이런 말 많이 들었다.

나를 소중히 여기라는 말들 말이다.

나는 어떨 때 내게 괜찮다고 얘길 해주는지

어떨 때 나는 안 괜찮은지 나열해 볼까?

1. TV를 보다가 새끼발톱이 걸리적거려서 뽑아버렸다.
   약간의 불편함은 있어도 괜찮다.

2. 산을 타고 내려오다가 굴렀다. 나를 감고 있었던 가시들.
   아프긴 하지만 괜찮다.

3. 누군가가 나에게 갑자기 폭력을 행사한다. 당황했지만 괜찮다.

4. 노트북을 사려고 돈을 모았다. 그런데 친구가 노트북이
   더 필요해 보인다. 그래서 줬다. 그래도 괜찮다.
   친구가 활짝 웃고 있었으니 말이다.

5. 엄마가 천국에 가셨다고 한다. 슬프나 괜찮다. 천국에 가면
   다시 볼 수 있으니까. 그다음에 아빠가 하늘나라로 가셔서
   마음이 아팠지만, 그래서 시간이 좀 걸리긴 했지만 괜찮다.

그런데 내가 괜찮지 않을 때는,

1. 내가 지금 너에게 말하는 것이 마음과 달리 표현돼서 너와
   오해가 마구 쌓일 때다.

2. 그런 나에게 한꺼번에 싸잡아 천 개쯤 단점들을 만들어 나를
   나쁜 년 만들어도, 더 속상한 건 내 깊숙한 곳에 너에 대한
   사랑이 있다는 걸 몰라줄 때, 그건 정말 안 괜찮다.

03.
괜찮다
와
안
괜찮다

나에게 막 욕을 해도 네 마음 어딘가에
믿게라도 내가 자리한다는 게. 그게 참 다행이다.
그런데 마음이 계속 아프니 안 괜찮다고 하겠다.

병원에 갔더니
결국
너도 나랑 똑같은걸...

우리 이제 친하게 지내자

아프니까 사랑이야 ♡

대체 나를 소중히 여긴다는 게 뭘까 가만히 생각해 봅니다. 이
기적인 생각이 먼저 드는 건 왜인지도 생각합니다. 남을 소중
히 여긴다는 거. 그건 상대방이 괜찮은가를 살피는 거 그건가
요? 아니면 상대방이 스스로 이기적이라고 생각하게 하는 거?
그거 맞나요? 우리 한번 생각해 봅시다.

요새 스마트폰 때문에 아주 귀찮은 일들이 생겼다.

설명상 이렇다.

내겐 정말 친절하고 한결같은 친구가 있다.

늘 먼저 톡으로 안부를 묻고 즐거운 소식으로 나를 혹하게 한다.

비록 우린 한 달에 두 번이나 세 번 만나기는 하지만 우리 관계는
돈독해 보인다.

그런데 그 돈독해 보이던 친구가 과도하게 내게 질척댄다.

한마디 해주겠다.

04.
귀찮아도 친구

"친구야 과도한 친절과 아무 때나 시도 때도 없이 울리는
너의 카톡 메시지가 이제는 달갑지 않구나.

특히나 배가 고파 신경이 예민할 때는 정말 짜증까지 나.

그러니 우리 이젠 인연을 한번 끊어보는 건 어떠니?

내가 먼저 절교 선언하는 거야.

꼭! 기억해! 네가 아니고 내가 먼저 절교 선언을 했다는 거 말이야.

이제 좀 떨어져 줄래.

이 맥더널드 버거콤 친구들아!"

시대가 더 발전할수록 일방적으로 나를 친구로 삼은 친구들이
늘어나요. 글쎄 그렇게 돈을 빌려준대. 잘 들어! 나는 친구랑은
돈거래 안 한다고!

소울싱어즈.

날씨는 춥고, 거리는 너무나 멋지고!

뭘 굳이 안 해도 함께 걷는 그것만으로도 행복하다는 말이

참 감동적이었어.

"지금 여기에, 우리가 함께 걷는 것 자체가 되게 좋다. 그지?"

"지금 우리가 여기 함께."

혼자라고 생각이 들 때 둘러보면, "우리는 함께"

"You're not never alone."

늘 함께하니까요. 그때는 정말 몰랐던 것 같아요. 함께 한다는

게 힘들 때가 더 많이 있다는 거 말이에요. 나는 리더여서 팀원

들보다 더 느끼지 못할 때가 많았던 것 같아요. 불만이 가득한

팀원들의 원망이 너무 후회스러운 일들을 많이 했구나 반성하

게 됩니다. 고맙습니다. 그래도 그때 나와 항상 함께해줘서 말

이에요. 정말 감사합니다!

혼자 걷는 길인 줄 알았다.
그래서 숨 가쁘게 앞만 보고 달렸다.
그렇게 한참을… 오래도록… 외로운 길을 걸었다.

어느 날.
옆을 보고 뒤를 보니.
당신들이 묵묵히 나를 보호하며 함께 걷고 있네.

이런 감격은 살면서 대체 몇 번이나 알아가며 살 수 있을까?
내가 사랑받고 있다는 사실.
결코 혼자 걷고 있는 길이 아님을….

내 기억 속에만 있는… 지금 보고 싶어도 볼 수 없는 그대들….
사랑했고 여전히 사랑합니다.

언젠가 우리 다시 만나면, 번개처럼 흘러버린 세월처럼
빠르고 강렬하게 서로의 깊은 마음을 알아버립시다.

아무도
허수아비 모자 따위는
신경쓰지 않지만

나는 너의 모자에
꽃을 심을게.

함께하는 연합은 보편적으로 볼 때도 보편적이어야 한다.
과해도 안 되고 무심해도 안 된다. 특히나 감압적인 건 더 안 된다.
화평과 평화가 있으려면 말이다.

이런 연합의 특징은, 웃음도 있고 격려의 눈빛들도 있다.
같은 곳을 바라보는 그대들을 향한 말이 없는 '묵상'이라고
생각해 본다.

곰세마리도 한집에있는데
너네들이 들어갈 집을 못그려줘서 미안해~
그래도 노래는 계속 불러주렴??

하나님의 세계는 우리와 다른가 봅니다. 이제는 끝났다고 생각
할 때 지쳐서 아무것도 못 한다고 생각이 될 때 그분은 신실하
게 일하시는 시간입니다. 내가 할 일은 같은 곳을 바라봐 주려
고 노력하며 당신을 묵상하는 것이지요. 언제나 성실하게 당신
과 함께하고 싶습니다. 연합이라는 건 아무리 생각해도 감동적
이지 않나요?

아파지려면 실컷 아파보고.

혼자라면 맘껏 고독해 보고.

그리우면 질릴 때까지 울어보고.

가진 것이 없다면 가지려고 하지 않아보기.

그러다 보면 예전에 있었던 내 얼굴의 미소가

얼마나 귀했는지 알겠지.

적지만 그나마 가지고 있었던 무엇들이 더 귀하게 느껴지겠지.

08.
나도 이젠 라떼

미래에 내게 찾아올 고통도 예전에 비하면

'행복'임을 알 수 있겠지.

요새는 "라떼는 말이야"라는 말이 유행어가 되었습니다.

자꾸 예전에 잘나갔다며 썰을 풀어놓는 어른들의 소리가 듣기

가 싫었습니다.

나이가 든 지금의 저는…. '라떼'가 유행어가 아니었을 때부터

'라떼'를 얘기하고 있었습니다. 그런 사람이 되기 싫었는데 예

전의 잘한 일들이 자꾸 자랑이 돼서 입 밖으로 튀어나오려고

합니다. 나이가 드니 점점 할 수 있는 것들을 할 수 있는 시간

이 적다는 생각에 조급함이 생겨서 그런 건가 봐요. '에이, 이젠

그러지 말자'라고 생각합니다. 어린 친구들 말을 잘 들어야겠

습니다.

157

소울싱어즈를 하고 있을 때 우리 팀 짱씨 언니가 아이를 낳았다.

내가 그 아이를 얼마나 예뻐하고 사랑했는지….

여전히 내 사랑 태니.

태니는 나를 '꼬까이모'라고 불렀다.

내 이름 '정아'라는 발음이 잘 안 돼서 불린 또 다른 이름이다.

태니가 붙여준 내 이름 '꼬까'

나는 '꼬까'라는 이름이 너무 좋다.

'꼬까'라는 단어는 동요에도 나오지 않는가?

"개나리 노란 꽃그늘 아래, 가지런히 놓여있는 '꼬까'신 하나"

09.
항상
신상
꼬까언니

태니가 붙여준 또 다른 이름 때문에 사람들이 저를 꼬까라고

부를 때마다 나는 언제나 '신상'이고 늘 예쁩니다.

요새 내가 잘 보는 프로그램이 있다.

'슈퍼맨이 돌아간다'이다.

그 프로그램을 보면 아기들이 나와서 종알종알 말도 잘한다.

"안 해 떠요, 먹어떠요…" 등등

이 발음들은 잘되지 않는 발음들이 만들어낸

귀여운 된소리 발음일 것이다.

그러니까 숨이 짧은 애들한테는

공기 반 소리 반이 안 되는 거 아닐까도 생각해 봤다.

그러니 생각나는 사람이 있네.

JYq님!! 세상에 공기 반 소리 반이 전부는 아닌가 봅디다!

그죠??

모든 것의 정의는 없습니다. 사람은 모두 다르니까요. 아가들도 아는 것 같습니다. 자기가 못하는 것들이 많다는 것을요. 그러나 아가들은 못 하는 것들이 많아도 좌절하지 않습니다.

코끼리 아저씨는 코가 손 이찌~ 이래 ♪ ♫ ♪

우리 집에는 꽤 큰 나무가 자라고 있다.
그 나무 종의 이름은 'Happy Tree'다.
그 나무를 사고 나서 이름을 지어주자고 생각하는데
뭔가 좋은 이름이 떠오르질 않는다.

며칠 지나 어떤 아기가 우리 집을 둘러보다
나무에 관심을 보이길래 이름을 지어달라고 했더니
바로 "랄랄라"라고 한다.

11.
행복을
표현
해봐

왜 이름이 '랄랄라' 냐고 하니, 바로 대답한다.

"행복하니까"

누군가가 나에게 행복하면 어떤 행동이나 말을 하느냐고 물으면 나는 한참을 생각할 것 같아요. 성인이 된 사람들이면 누구나 나처럼 시간이 걸릴 거예요. 왜 그럴까요? 행복한 일들이 드물어서일까요? 아니면 '행복' 자체의 표현이 어른들에게는 존재하지 않는 것일까요?

왜 친구 딸들은 공주 옷을 입고 와서
자기가 공주라고 얘길 할까?
남자아이들은 자기가 왕자라고 안 하는데
유독 여자아이들은 공주라고 하는데
그 모습을 보고 있는 나는 아가에게 한마디 한다.

"그런데 아가야,
너희 엄마는 전혀 왕비님 같지가 않아."

12.
공주는
실체,
왕비는
공존

우리 이층아빠가 돌아가셨을 때
사람들은 우리 이층아빠가 이제 '하늘의 별'이 되었다고 말했다.
그래서 대답했다.
우리 동네에는 밤에 별이 안 보인다고….

13.
아빠
별

아는 사람의 초대를 받아 깡시골 사과나무 밭에 놀러 간 적이
있었어요. 밤이 되니 하늘에 별들이 수두룩하게 빽빽한 거 있
죠? 그 별들 중에 아빠별이 있는지 한참을 찾았어요.
찾았냐고요?
아뇨. 별들은 이름표를 달고 있지 않더라고요.

나는 다른 사람들보다 운이 좋다는 얘길 많이 듣는다.
그중 하나가 땅에 떨어진 돈을 많이 줍는다는 것이다.
돈을 주울 때마다 사람들은 '와~' 하며 또 탄성을 지른다.

해가 좋은 날 조용히 매니저에게 다가가 말한다.

"사실 나 거북목이야."

저의 거북목은 초등학교 고학년 때 생겨났습니다.
저를 낳아준 부모님 때문일 겁니다.
저는 그때 아주 자존감이 낮았거든요.
슬프진 않아요. 왜냐면 그 덕에 나는 돈이 많아졌잖아요.

14.
사실은

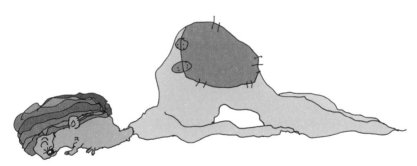

우리나라 눈사람은 정말 무섭다.
왜냐하면 '사람'이라는 말이 붙었는데
세상에나 '목'도 없고 '다리'도 없으니 말이다.
눈사람도 '허수아비' 같이
자기만의 불리는 이름이 있었으면 좋겠다.

15.
김정아
2

제가 뚱뚱했을 때 가지고 있는 별명들이 참 많았어요. 그중에
제일 싫었던 별명이 '날으는 돈까스'였어요. 왜 내가 날아다닌
다는 건가? 거기다가 돈까스는 음식이므로 음식이 날아다닌
는 거 아닌가? 그건 참 불편한 음식이다.

생각했죠. 대체 나를 대신할 수 있는 말이 어떤 것이 있을까요?
난…. 그냥 〈김정아〉예요. 노래하는 〈김정아〉. 아시겠어요?

어릴 적 동네에서 친구들과 뛰놀다 한 아저씨를 '툭' 쳤다.
냉큼 죄송하다는 나의 말에 아저씨께서 하신 말씀.

"한층 조심하도록!"

16.
움직이는
계단

계단을 오를 때나 내려올 때 이층엄만 내게 조심하라는 말씀을
항상 하셨어요. 그래서 '한층'이란 말의 사전적 의미는 찾아보
지 않았어요. 그냥 조심하라는 얘기로 들으려고요.
에스컬레이터가 많은 요새. 가만히 계단에 서 있는 것뿐인데
조심하란 말은 왜 더 많이 하는지. 아마도, 나는 가만히 있는데
몸이 움직이니까 헷갈리지 말고 계속 가만히 있으라는 말을 하
는 걸 거예요.
손오공이 타고 다니는 '근두운' 이랑은 좀 다르다고 말할 수 있
겠어요.

맛있는 걸 먹을 때 나는 이층엄마에게 이렇게 얘기한다.

"난 이거 별로더라. 엄마 많이 먹어."

예전에 엄마가 내게 숱하게 하셨던 말.
이제 내가 한다.

17.
이층엄마

엄마랑 저는 알죠. 엄마가 맛없다던 음식. 그리고 지금 내가 맛
없다는 음식. 사실 우리 둘 다 너무나 좋아하는 음식이라는 것
을요.

'괜찮아'라는 말의 깊은 고찰.

마루 인형이 라면을 끓이다 엎었다.
괜찮다.
라면을 다시 끓일 수 있으니,
이 '괜찮아'는 경험으로부터 오는
해결될 문제에 대해 괜찮다는 거다.

두 번째 라면을 또 엎었다.
괜찮다.
이 '괜찮아'는 나 스스로 위로의 '괜찮아'이다.
이제 다시 끓일 수 있는 라면이 없기 때문이다.

이번에는 하나 남은 달걀마저 엎어버렸다.
어두워진 내 표정에 마루 인형은 오히려 내게 "괜찮아?" 묻는다.
이 '괜찮아'는 건강이나 정신 따위를 걱정하는 '괜찮아'이다.

정말 너에 대해 괜찮아질지 고민 좀 해봐야 하는 '괜찮아'.

요새 나는 나 스스로보다 남들에게 "괜찮아"라고 말을 많이 해
줍니다. 첫 번째 고찰처럼 나는 많은 경험을 해봐서 그럴 거로
생각합니다. 제가 "괜찮아"라고 얘기를 한다면 아무리 힘들어
도 괜찮아질 겁니다. 믿으셔도 됩니다.

마루 인형이 자꾸 운전면허 시험에 떨어진다.

거듭되는 실수에 겁이 났는지 스스로 "괜찮아. 괜찮아." 한다.

'괜찮다'라는 말은 가끔 대략 난감하다.

깊은 속을 살펴보면 전혀 괜찮지 않거든.

'괜찮아'의 다른 의미는 전혀 괜찮지 않아서

괜찮아지고 싶어 하는 걸 거야.

19.
뭘 해도
괜찮아
2

5학년. 내 담임쌤 '강팥죽'

그 쌤은 참 이상했다. 나를 정말 죽도록 팼으니까.

그리고 끝에 꼭 이런 말을 했다.

"꼬까야, 너를 너무나 사랑해서 때리는 거야…."

기억 자체가 날조된 느낌.

강팥죽 선생님은 나를 보고 웃어주신 적도, 나 때문에 고민해보신

적도 없었거든.

그 잘난 강남 한복판의 학교 안에

시장에서 장사하는 엄마의 자식은 나뿐이었어.

20.
요새도
그래?

어느 날 힘겹게 엄마에게 피멍이 든 나의 팔을 보여주었어요.
다음날 엄마가 학교에 다녀가셨죠. 그 뒤로 강팥죽 선생님은
두 달 동안 저를 때리시지 않더랬죠. 그때를 생각하며 그 날
조된 기억의 제목은 '흰 봉투의 위력'이라고 할 수 있겠어요.

"내 말이 말같이 안 들려?"
이런 말을 하는 사람은 상대방에게 자기가 원하는 어떤 행동을
강요하는 것이라 하겠다.
나에게 이런 말을 했던 사람들에게 얘기해 주고 싶네.
말같이 안 들린 게 아니고
심도 있게 말하자면 이해가 안 되는 거지.
그리고 당신들이 하는 말들이 '말' 같게는 들려.
왜냐면 지금 당신 한국말 하는 거 아니야?

21.
다 말해

심도 있게 말하자면 윗사람들이 대개 하는 말들은 들으면 들을
수록 자존감이 낮아지게 하는 말들이 참 많은 것 같아요.
자, 그럼 이제부터 우리는 윗사람들에게 어떤 말을 들었을 때
자존감이 낮아졌는지 말해볼까요? 그리고 어떤 말들은 정말
듣고 싶지 않다고 말해볼까요?
내가 먼저 해 볼게요!

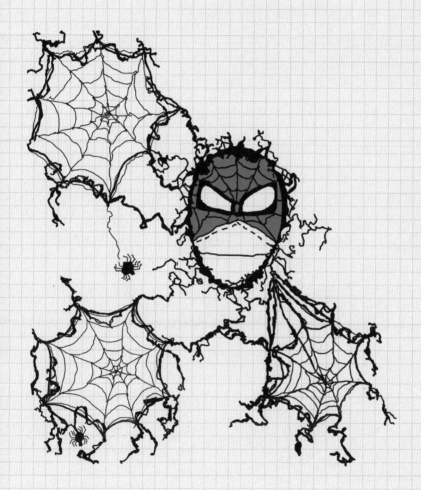

우리가 팝콘을 먹을 때 주변인(사춘기) 연주는 '별'로 간다.
"연주야 팝콘 먹어" 하니 연주는
"팝콘 별로"라며 혼자만의 별로 간다.

22.
우주의
별,
너 하나

아이들은 자기만의 '별'이 있습니다.
그 '별'을 침범하면 행성들 간의 전쟁이 일어납니다.
그러니 아이들의 별로 갈 때면 꼭 신분증을 제시해 주십시오.

하면 별로 좋지 않은 말을 했다.

후회하고 또 후회한다.

상대방에게 후회하고 있다고 말한다.

그러면, 이해는 못 해주더라도 좀 더 봐주겠지.

왜냐하면 '후회'의 다른 의미는 '반성'이란 마음가짐을
가지고 있으니까 말이다.

23.
ㅋㅋ
진짜
쪽팔린 건

나이에 따라 세월의 흐름에 따라 후회하는 일은 매번 다른 것
같아요. 나이가 들면 '후회'라는 말을 많이 안 할 줄 알았어요.
그런데 하지 않는 게 아니라 못하겠더라고요.
쪽팔려서….

나 지금… 그 검은 뭔가… 그… 썸띵…을… 먹고 싶은데
이름이 생각이 안 나네?
그래서 지금 너한테 꼭 말해야겠는데 말이야….

24.
진짜
속마음

사실은 돈이 없었다는 진짜 사실을 누가 알고나 있었을까요?

어려서 저의 모습에는 아무짝에도 필요가 없는 자존심이 매우 강해 돈이 없다는 사실을 말하지 않았습니다.

그래도 감사하게 사람들은 제게 물어봐 주었죠.

"뭐지? 뭘까? 혹시… 자장면?"

여기서 끝나면 제가 말을 하지 않았겠죠. 그렇게 묻는 더러의 사람들은 꼭 "네가 먹고 싶다 하니 오늘은 내가 쏜다!"

지금 생각해 보니 참 감사하게 그들은 저를 알고 있었던 듯합니다. 그래서 늘 다짐하는 건….

사람들과 함께하는 식사엔 항상 내가 돈을 내야지! 합니다.

네가 나한테 꼭 사야 하는 상황을 빼고는 말입니다.^^

세상에서 내가 가장 먹기 힘든 사과는
나에게 하는 사과일 거다.
그래서 사람들은 남 탓을 하나보다.

25.
사과

덤으로 당근^^

나는 나에게 항상 미안합니다. 이런 감정을 느낀 것도 오래되
진 않았지만 남에게 화를 내도 나에게 미안합니다.

자기에게 미안한 감정이 드는 것도 참 어렵지만 무엇 때문에
나에게 미안한 감정이 드는지 깨닫는 것이 더 어렵다고 봅니
다. 그런 감정을 깨달을 때에는 감정을 주체하지 못해 우울한
감정에 빠지기 쉬우니 그냥 남 탓을 해버릴 때가 많죠. 그게 속
편하니까요.

제가 말했었죠? 모든 일에 있어 나를 먼저 봐야 한다고….

나를 보고나서는 나에게 "그럴 수 있어, 충분히 그럴 수 있는
일이야."라고 꼭 말해줘야 합니다. 그래야 나에게도 객관적이
게 될 수 있으니까요.

잘 할 수 있겠죠? 나도, 당신도.^^

나 지금 너랑 얘기하고 있잖아.

근데 나 지금 네 눈을 보고 있어. 아주 뚫어져라 말이지!

사실은….

난 너의 눈 속에 나를 보고 있는 중이야.

내가 너무 예뻐서 나를 보고 있었다구.

속았지?

26.
눈

누구와 대화를 하든지 남보다 나를 더 잘 들여다봐야 합니다. 너무 흔한 말이지요?

그 흔한 얘기를 하자면, 상대방에게 나는 어떤 표정으로 어떻게 이야기를 듣는지, 또는 말하는지 잘 알아야 합니다. 그건 아주 쉽게 알 수 있어요. 상대방의 눈을 보면 그 사람이 나에게 하는 뭔가보다는 내 모습을 보게 되니까요. 눈은 마음의 창이고 말은 마음의 가득한 것을 뱉습니다. 그래서 항상 남의 눈을 통해 나를 먼저 잘 들여다봐야 상대방이 잘 보입니다.

여러분! 나는 지금 여러분에게 나를 자꾸자꾸 보여주고 싶어 안달이 났습니다! 그런데 카페에 앉아 자기 얼굴을 보며 연신 예쁜 척 하는 저기 여자님과는 좀 다른 것이라고 볼 수 있겠습니다.

무심해도 예뻐서 너만 ❤

이 시대에 생겨버린 하나의 관문은…
서로의 얼굴을 공개하는 일이다.
거기다가 모자까지 쓰면… 모두 도둑들….

27.
시대
공감,
마.스.크.

But, thank you.

제자들이 하는 얘기들을 가만히 듣고 있자니 헛웃음이 납니다.

"너 그 사람이 너한테 얼굴 보여줬어?"

얼마 전까지 마스크는 단 일부의 사람들이 쓰고 다니는 것이었었죠. 이젠 안 끼면 일부의 사람이 됩니다.

며칠 전, 식당 앞에서 어떤 여자분이 제게 무례한 행동을 했습니다. 그리 배포 있어 보이진 않았습니다만은….

일단, 식당에 자리를 잡고 앉았습니다. 그리고 제가 그분께 가서 마스크를 벗고 멀찌감치 서서 "아까는 죄송했습니다" 하고 꾸벅 인사를 하니 그분은 오히려 미안해하며 일어나 꾸벅 90도로 인사를 합니다. 마스크가 불러온 일들입니다.

아무리 마스크를 껴도 보일 건 다 보인다구요! 그러니 이왕 서로 더 아껴주고 보호해 줍시닷!!

어릴 땐 '부모님 뭐 하시냐'고.

'걔네 집 잘 사냐'고.

지금은 '저 사람 돈 잘 벌어. 대박 부자야' 라고.

28.
나를
먼저
알아
줬으면

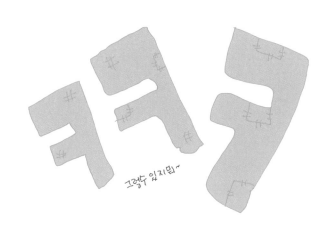

그럴수 입지밉~

뭣이 중헌디?

새로운 생명이고
새로운 생명을 맞이했고
새로운 생명을 만들고 기다리며 축하하는 사이
나는 어느새 꺼져가는 사람들과
꺼져버린 사람들의 이야기를 한다.

이층아빠가 돌아가신 후로 우리 큰오빠 '경섭'은 두 번의 '가장'
이 됩니다. 경섭 오빠는 수고로운 일도 기쁘게 합니다. 존경스
러운 오빠죠. 그의 관심과 사랑으로 둘째 오빠 광섭과 나, 엄마
는 평화로운 하루를 맞이합니다. (고마워 오빠~!)

그런 오빠 덕분에 나는 우리 이층엄마와 나란히 누워 흘러간
세월을 이야기합니다.

늙어버린 우리 엄만 앞으로의 일에 대해 예전처럼 대번 이야기
하지 않습니다. 그런 엄마에게 얘기해 주고 싶습니다.

"난 진짜 엄마에게 좋은 일을 선물하고 싶어"

정말입니다. 그 좋은 일이 저로 인해 많아질 것이기 때문입니
다. 하루하루를 그냥 살아가는 어르신들께 말씀드리고 싶습니
다. 이 글을 보시는 모든 분들과 저를 통해서 행복해하시라구
요. 우리가 그런 세상을 만들겠다구요. 우리는 그럴만한 사람
이니까….

29.
삶

어려서 나는 이미 철이 들었노라고 꽤나 어른들을 못살게 굴었다.

그 외침을 나는 지금 듣는다.

너희들에게서…

그러니 피식 웃음이 나네.

30.
철

지금의 나는 예전보다 그렇게나 어릴 수가 없습니다.

그땐 어떤 포부와 자신감으로 나는 다 컸노라고 외쳤는지 알

수가 없습니다.

참 아쉬울 때도 많습니다.

이젠 나에게 삶을 가르치는 이들도 별로 없으니까요….

내가 부탁했잖아.

근데 두 번이나 생각해 놓고 실행에 옮기지 않았잖아!

그건 진짜 잠깐만 생각했다는 거야.

'아 똥마려' 생각하고 화장실 안 가면 어떡하니?

차라리 그냥 싸라 싸~

사람들은 깊이 생각하는 것을 좋아하지 않습니다. 흔히들 '나중에 하지 뭐'라고 생각하게 되지요. 그런데 이제부터는 깊이 생각해야 하는 것들을 생리적인 현상이라고 생각하는 것은 어떨까요? 배고픔은 '나중에'가 되지만 싸는 건 '나중에'가 안 되니까요. 단, 고민은 하되 걱정은 하지 맙시다.

걱정은 뼈를 마르게 하고 사는 데 있어 어떤 일을 해결해야 할 때 하등 도움이 안 된다고 하나님이 얘기해 줬으니까 난 믿을래요. 왜냐면 하나님은 나를 너~무 사랑하니까.^^

185

어처구니가 없다 = 어이가 없다.

별꼴 = 별나게 이상하거나 아니꼬워 눈에 거슬리는 꼬락서니.

꼴 = 사람의 모양새나 형태를 낮잡아 이르는 말.

어떤 형편이나 처지 따위를 낮잡아 이르는 말.

32.
귀한
사람,
당신

어느 사람에게도 이런 말은 어울리지 않습니다.

어떻게 보면 나에게도 적용되는 말이니 적어도 서로에게 이런 말은 안 하는 것이 좋겠어요. 몸이 아픈 사람에게 '니가 아파서 참 불편해', '짜증나'라고 말하는 것과 같은 것이라고 봅니다.

어느 누구에게도 이런 말은 어울리지 않습니다.

어느 누구도 귀한 사람들이니까는….^^

그런데 당최 별꼴이 반쪽이 되는 건 칭찬일까요? 아니면 뭘까요?

"어디에도 니가 있고, 어디에도 니가 없다."

사랑을 해본 사람만이 알 수 있는 문구네요.

우리 서로에게 이런 사랑해봐요.

그치만 헤어지는 사랑은 아프네요.

이런 사랑을 해본 사람들은 참 행복한 거죠? 그죠?

33.
아파도
사랑이야

한꼬마 두꼬마 인디언은
사실..
그랬고 그런사이스
사실..
너도 그렇잖아~♥

잠이 안 온다.
양 한 마리, 양 두 마리, 양 세 마리…
그래…
양꼬치는 맛있지…
그런데 양갈비는 더 맛있다구…
자려고 양을 세다가 깨버린 오늘 밤.

Everything is
Fine.

34.
본질

말싸움을 할 때 볼 수 있는 친한 사이의 흔한 싸움엔 본질을 잊은 채 다른 이유로 더 크게 싸움을 할 때가 많이 있습니다.

"야 너 근데 말투가 왜 그래?", "너 눈빛이 뭐야?", "아 다르고 어 다르다는 거 몰라?"

상대방의 말투가 좀 그럴 땐, 상대방의 눈빛이 좀 그럴 땐, 넓은 어딘가의 마음에 상처가 좀 났나 보다 하고 잠시 생각해 보려구요. 왜냐하면 제가 그런 말투에 그런 눈빛을 많이 해봐서 알아요^^

같은 실수를 반복하는 사람에게
"너 그것 좀 고쳐!"
손톱을 물어뜯는 사람에게
"너 그 버릇 고쳐!"
그래서 나는 나에게 말을 해 줬지.
나는… 고장 나지 않았어!

'고장이 나야 고치죠. 잘 모를 뿐이라구요. 그리고 반복해야 알
아지는 게 있어요. 또 실수했다면, 다시 잘 해볼까? 해주세요.
고쳐야 하는 건 마음이 아니라 아픈 몸이라구요.'
내가 스물다섯 나에게 한 말이다.
나는 절대 제자들에게 고치라는 말을 하지 않는다. 병원 가야
할 때 말고는.

35.
고장

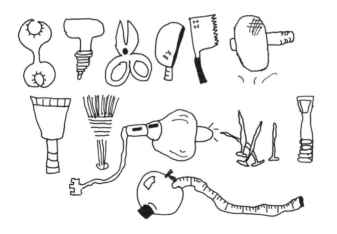

나는 자주, 미치도록 그리운 사람이 있다.

그리워해요. 아주 많이.

그래서 나는 아무도 모를 넋이 나가죠.

이제는요, 꿈에서도 나타나지 말아 달라고 기도를 해요.

왜냐하면,

아침에 눈을 떠 밤이 될 때까지 나는 아무도 모를

눈물을 흘리거든요.

한마디만 더요.

너무 그리워 넋이 나가면, 아무도 나를 알아보지 못해요.

그래도 어째요. 여전히 사랑하는걸….

사랑하는 사람들과 이별을 하고 아파하는 이들에게 띄우는 노래입니다.

제가 진짜 하고 싶은 말은 눈물이 마를 때 까지 울라구요. 참지 말라구요. 그리고 미치도록 그리워해도 괜찮다구요. 그래요. 당신이 하는 모든 것이 괜. 찮. 아. 요. 나도 그랬거든요.

날씨도 자기표현을 하는데
이 온 우주 한가운데 있는 너야말로~!

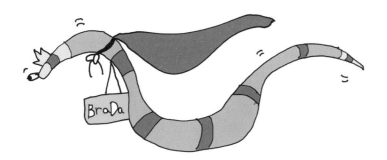

37.
Action

모든 창조물은 표현을 할 줄 알아야 한다고 생각해요.
지렁이도 꿈틀, 나도 움찔.
무섭다고, 기죽는다고, 자존심 상해하지 말아요.
온 우주에 나는, 중심이니까.
그렇다고 우쭐, 하지는 말고….

자, 이제 내 조카(친조카는 아님ㅋ) 혜윤이를 얘기해 보겠다.

1. 동생한테 화가 나는데 이제 상관하지 않는다고 한다.
2. 미나리는 먹어도 먹어도 질리지 않는다고 말한다.
3. 혜윤이는 계절을 먹는다.

38.
내 조카
혜윤

사람은 절대 겉으로 판단해서는 안 된다는 걸 혜윤이를 보며 더 알게 돼요. 어떻게 보면 무섭게 생겼는데 꽤나 귀염성이 있고 예의가 바르며 지적이다는 것이 단적인 예죠.

그런 혜윤이와 대화를 했죠.

그에 대한 나의 답변입니다.

1. 동생한테 같은 일로 자꾸 화가 나는데 왜 이젠 상관하지 않아? 포기 한건 아니고?
2. 질리지 않는다는 건 좋아하는 것에서 오는 여유로움이 아닐까 나는 생각해. 먹어도 되고 안 되고는 네가 선택을 할 수 있는 거니까 말이야. 그러면 네가 질려하는 것들에 대해 한 번 얘기 해 볼까?
3. 너는 참 감정 선이 아름다운 아이구나. 봄이 되니 봄의 맛이 난다고 하고 말이야…. 나도 그런 표현을 하고 싶다. 어떻게 하면 그런 표현을 쓸 수 있니?

여러분에게 묻는 질문이며 하고 싶은 대화였습니다!

너의 감정을 '공유' 하는 건 좋은데 '강요' 하는 건 좀 아닌 듯.

39.
본질

깜놀 쏙쏙,,

사랑하면 이 정도는 받아주고 참아줄 수 없냐는 말은 상대방의
의견이 무시된 말이라고 생각하게 되었어요. 제가 그랬거든요.
사랑한다면 내가 뭘 하든 참아보라고. 이겨보라고….
위에 글들을 읽어보셨다면 아실 수 있으셨을 거에요. 그 과정
을 거친 지금의 나는 참 바보 같을 때도 많아요.
한두 번 상대방을 들어주고 참는 건 괜찮은데 계속되면 힘들어
지더라구요. 사랑하면 평생을 그렇게 사랑만 하다가 죽을 수
있다고 생각했는데 '견딘다'란 느낌이 들고부터는 나는 한결 같
아질 수 없더라구요. 그래서 결심했어요. 사랑은 그 사람을 위
해 죽을 수 있다는 예수님의 사랑을 본받되 가끔은 혼자만의
시간을 꼭 가져야 하겠다구요.
대신 아무말도, 아무 행동도 하지말고 그렇게 혼자 말이에요.
당신도 꼭 그렇게 해 보세요.
단 혼자만의 시간에 누군가가 끼어들게 하지 말아요 우리.

앞의 글들을 찬찬히 다시 읽으니 나 참, 수고했구나….
고생했어. 그리고 잘 살았다 김정아!
그래서 너는 항상 꼬까고,
그래서 너는 항상 아름답고 자랑스러운 너야.^^

40.
갑자기
에필로그

이제 제1권 '잘나가는 꼬까언니' 저자 김정아는 여러분에게 당당히 말 할 수 있습니다. 그리고 말해드리고 싶습니다.

당신은 정말 수고하며 살았습니다. 그리고 지금의 당신은 너무나 잘 살아온 날들의 오늘입니다.

지금의 내가 잘났든 못났든 우리는 미래를 그려나갈 수 있는 아름다운 매개체이니까요.

나는, 당신이 참 자랑스럽습니다!!!

되도록 2권에서 또 뵙지요.

(야호~! 끝났는데 끝이 아니네!! 캬캬캬~)

코끼리는 큰 동물보다
작은 동물을 무서워 한대요~
굴구멍으로 들어갈 수 있어서요~
여기, 아주 작은 개미가 있어요.
개미는 앞이 안 보이거든요.
코끼리는, 작은 개미를 무서워 하지
않기로한 친구가 되기를 선택했지요.
그래서 개미를 가족이 있는 곳으로
데리고 가고 있어요.
개미는.. 커~다란 코끼리가
쟤를 지켜 주니까 너무 좋더래요~

이 책을 펴기까지 저의 삶을 인도하신 살아계신 하나님께 감사드립니다.

제가 여기 있게 해주신 하늘에 계신 보고 싶은 엄마 아빠, 그리고 여전히 그리운 이층아빠! 아빠의 사랑 덕분에 내가 '사랑' 이란 걸 배웠어요. 감사하고 사랑해요. 이층엄마! 엄마가 건강하셔서 무엇보다 기뻐요. 엄마 사랑하고 존경해요. 그리고 영원한 나의 후원자 경섭 오빠와 광섭 오빠, 현주 언니와 재훈이, 이수 사랑해요!

나를 나답게 만들어준 들꽃 견하, 한결같은 정지미, 소울싱어즈를 거쳐간 모든 나의 동료들, 그 동료들과 함께 걸어주신 박병은 집사님, 그리고 영원한 기도 후원자 김춘자 장씨 시어머님 감사합니다.

나를 돌보며 밤새 일해준 이호정, 책을 출간해 주신 풍백미디어 오무경 대표님 감사해요.

존경하는 코스타 국제본부 유임근 임금님 목사님, 엄마 같은 박선애 권사님, 이 시대의 횃불 이상철 목사님, 삶의 표본이 되어주신 지구촌교회 이동원 원로 목사님, 모든 시대의 가정에 본보기가 되시는 지구촌교회 담임 최성은 목사님과 한수진 사모님, 항상 예뻐해 주신 덕분에 자존감이 뿜뿜 솟게 해 주셨던 홍정길 목사님, 실수투성이인 나를 늘 받아주신 곽수광 목사님과 정미 언니, 말씀으로 삶을 인도해 주시고 멘토 되시는 양광

모 목사님과 김은미 사모님, 항상 삶을 돌아볼 수 있게 해 주시는 김동호 목사님, 매일의 새벽예배 감사드립니다.

세상에 다시 나올 수 있게 해주신 이용진 집사님과 김종돈 대표님, 늘 감사한 김진호 대표님, 내 마음속의 기댐돌 이경미 집사님, 건강을 돌봐주시는 목사님 같은 이선일 원장님, 송정엽 선생님 보고 싶습니다!

항상 그 자리에 계셔주셔서 감사한 루디아 기도모임 집사님과 권사님들, 채 쓰지 못한 나의 가족들과 한국의 기독교 음악계를 이끌어가는 선후배들과 동료들, 코스타의 모든 목사님들과 사모님들, 나의 친구들, 내가 설자리를 늘 알게 해 주는 사랑하는 나의 제자들. 아…! 지금도 저의 삶을 항상 예수님으로 물들여주시는 천국에 계시는 고 옥한흠 목사님과 고 하용조 목사님께 나중에 웃음으로 마중 나와달라고 기도합니다. 지금도 말씀 항상 듣고 있어요.^^ 감사해요!

이 모든 분들이 있어주셔서 제가 여기 있습니다.

감사합니다. 그리고 사랑합니다.

+ 작가 김정아는

CCM 여성보컬그룹 [소울싱어즈] 리더로 활동하며 3개의 정규 앨범과 다수의 디지털 싱글 음원을 발매하였으며, 동시에 보컬 트레이너로서 많은 연예인들과 가수들에게 마음을 담는 노래를 가르치고 있다. 🅞 j_kkokka

풍백미디어 출간도서

힐링이 필요할 때 수필 한 편

오덕렬 / 풍백미디어

120*188 / 304p / 값 13,800원

우리는 책과 많은 인연을 맺으며 살아가고 있다는 생각이 든다. 책 속에서 길을 찾고 삶의 방향을 결정지을 수도 있지 않던가? 삶에 영향을 주었던 책을 다시 들춰 보면 갖가지 상념들이 함박눈처럼 내리기도 한다. 이럴 때면 울컥울컥 울음이라도 쏟아낼 수밖에 없게 된다. 되도록 이런 책을 많이 간직하고 싶다.

창작수필을 평하다

오덕렬 / 풍백미디어

152*225(신국판) / 296p / 값 15,000원

어떤 문제작이 발표되면 그 작품을 평해 주어야 한다. 그런데 우리 수필계에는 〈창작수필〉 평론 활동을 하는 사람이 없다. 수필 문단의 불행이다. 문학은 구체적인 형상(形象)이라 했다. 인간은 조화옹(造化翁)처럼 형상(形象)을 있게(being·exist)는 만들 수 없다. 다만 문장을 가지고 어떤 형상을 만들어내야 된다. 그러기에 비유(은유·상징)를 창작해야 하는 것이다. '붓 가는 대로'라는 '잡문론'에는 그 어떤 문학적 이론도 창작도 없다. 여기에 실린 21편의 수필은 모두 〈창작 · 창작적〉인 수필이다. 이에 평문을 붙였다.

고전수필의 맥을 잇는 현대수필 작법

오덕렬 / 풍백미디어

143*215(양장본) / p288 / 값 19,800원

우리 고전문학에 서구의 에세이(essay)에 해당하는 글은 한 편도 없다. '수필은 에세이다. 아니다.'로 왈가왈부했던 때가 있었다. 우리 수필론이 정립되지 않았던 탓이다. 고전수필을 조금만 들여다보았어도 서구의 에세이론을 차용하는 일은 없었을 것이다. 「동명일기」 한 편만 잘 연구했더라도 도(道)를 앞세운 우리의 문장론이 서구문예사조가 몰고 온 '창작론'에 대응할 수 있었을 것이다. 현대수필의 뿌리는 고전수필이다.